簡單日語

林政德　編著

鴻儒堂出版社發行

前言

寫完稿之後編者向各位朋友說一句話：

「求新」「改革」是現代人所要求的，又是使人類進步的一大訴求。

本書，我相信結合了我一生的教學經驗，儘量避免單調枯燥又怕變得太複雜難懂，在這兩者之間找到平衡點，力求革新，雖尚不盡完美，但寫完之後，真有卸下重擔之感覺。本書之特徵，有以下數點：

（1）文法力求詳細易懂。

（2）習題儘量多，且避免難解之題目。

（3）注音之平假名儘量放大。

（4）插圖多且活潑。

（5）進度力求漸進。

然而，由於篇幅，很多文法上之問題無法詳及，尚請原諒。蓋書並無好壞，任何一本書都是值得一讀的。本書為讓學習者便於練習，附有CD，希望學習者除了語彙、文法之外同時在聽力、會話部份也能有更大的進步空間。祝福各位學問進步、健康快樂！

（註：本書為第一冊，第二冊也已出版，感謝各位的支持！）

平假名

あ	か	さ	た	な	は	ま	や	ら	わ	ん
い	き	し	ち	に	ひ	み		り		
う	く	す	つ	ぬ	ふ	む	ゆ	る		
え	け	せ	て	ね	へ	め		れ		
お	こ	そ	と	の	ほ	も	よ	ろ	を	

片假名

ア	カ	サ	タ	ナ	ハ	マ	ヤ	ラ	ワ	ン
イ	キ	シ	チ	ニ	ヒ	ミ		リ		
ウ	ク	ス	ツ	ヌ	フ	ム	ユ	ル		
エ	ケ	セ	テ	ネ	ヘ	メ		レ		
オ	コ	ソ	ト	ノ	ホ	モ	ヨ	ロ	ヲ	

清　音　　　　撥音

一、平假名、片假名各有清音四五字、撥音一字、濁音二十字、半濁音五字，共有七一字。

二、片假名又稱爲男手（おとこで）。平安初期由南都佛教之學僧們，將萬葉假名予以簡化而成。平安時代時，其字源及省略法有多種，並無統一。至明治三三年定爲現在通用之字體。用於外來語、擬聲語、擬態語或用於表示動植物名或電報文。

三、平假名之「ひら」係無角，通俗平易之意。係平安初期所成立之日本獨特之音節文字之一。以萬葉假名所用之漢字，將其草書體更流動性地予以簡化者。古時女人專用之字，亦稱女手（おんなで）。

平假名

が	ざ	だ	ば	ぱ
ぎ	じ	ぢ	び	ぴ
ぐ	ず	づ	ぶ	ぷ
げ	ぜ	で	べ	ぺ
ご	ぞ	ど	ぼ	ぽ

片假名

ガ	ザ	ダ	バ	パ
ギ	ジ	ヂ	ビ	ピ
グ	ズ	ヅ	ブ	プ
ゲ	ゼ	デ	ベ	ペ
ゴ	ゾ	ド	ボ	ポ
濁音				半濁音

目　錄

第一課（だいいっか）　清音（せいおん）「あ……と」

あ	い	う	え	お
あ	い	う	え	お
あ	い	う	え	お
あ	い	う	え	お
あ	い	う	え	お

会（あ）う
（見面）

家（いえ）
（房屋）

牛（うし）
（牛）

駅（えき）
（車站）

桶（おけ）
（桶）

か	き	く	け	こ

柿(かき)
(柿)

菊(きく)
(菊)

櫛(くし)
(梳子)

毛(け)
(毛)

声(こえ)
(聲音)

さ し す せ そ

傘（かさ）
(傘)

差（さし）
(尺)

鮨（すし）
(壽司)

そこ
(那裏)

大鼓（たいこ）
(大鼓)

た　ち　つ　て　と

た た た た た

ち ち ち ち ち

つ つ つ つ つ つ

て て て て て て

と と と と と

つち
土
（土）

ちかてつ
地下鉄
（地下鐵）

と
戸
（門）

たて
縦
（垂直線）

たか
高い
（貴；高）

第二課（だいにか）　清音（せいおん）「な……を」

な	に	ぬ	ね	の
⼆	‖	ヽヽ	‖	の
け	に	ぬ	ね	の
ナ゛	に	ぬ	ね	の
な	に	ぬ	ね	の
な	に	ぬ	ね	の
な	に	ぬ	ね	の

犬（いぬ）
(狗)

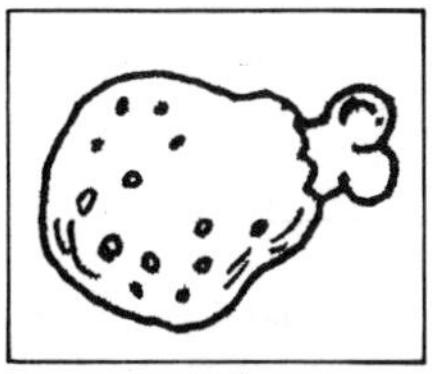

肉（にく）
(肉)

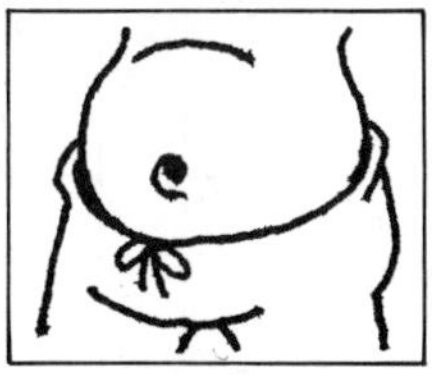

お中（なか）
(肚子)

お金（かね）
(錢)

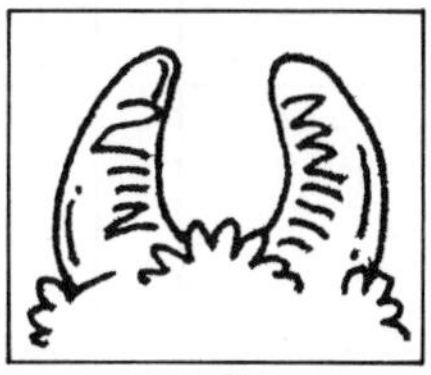

角（つの）
(角)

は	ひ	ふ	へ	ほ
は	ひ	ふ	へ	ほ
は	ひ	ふ	へ	ほ
は	ひ	ふ	へ	ほ

歯（牙齒）

日（太陽）

皮膚（皮膚）

塀（圍牆）

頬（面頰）

ま	み	む	め	も
ま	み	む	め	も
ま	み	む	め	も
ま	み	む	め	も
ま	み	む	め	も

頭（あたま）
（頭）

耳（みみ）
（耳）

胸（むね）
（胸）

目（め）
（眼睛）

腿（もも）
（大腿）

や

ゆ

よ

山（やま）
（山）

雪（ゆき）
（雪）

夜中（よなか）
（深夜）

世の中（よのなか）
（社會）

釜（かま）
（飯鍋）

ら	り	る	れ	ろ

空（そら）
（天空）

鳥（とり）
（鳥）

猿（さる）
（猴子）

これ
（這個東西）

六（ろく）
（六）

わ

を

私（わたし）
(我)

歌（うた）を歌（うた）う
(唱歌)

鳥（とり）を飼（か）う
(養鳥)

これを買（か）う
(要買這個)

人（ひと）を敬（うやま）う
(尊敬別人)

だいさんか　はつおん　そくおん　せいおん

第三課　撥音及促音以及清音總整理

撥音・促音・清音總表

ん

子音									母音
わ	ら	や	ま	は	な	た	さ	か	あ
	り		み	ひ	に	ち	し	き	い
	る	ゆ	む	ふ	ぬ	つ	す	く	う
	れ		め	へ	ね	て	せ	け	え
を	ろ	よ	も	ほ	の	と	そ	こ	お

(將上表模仿寫一遍)

さん　ほん　かん　にほんじん
三　本　缶　日本人

たいわん　たいわんじん　かんこくじん
台湾　台湾人　韓国人

たなか　りん　ちん
田中さん　林さん　陳さん

きって　せっけん　けっこん　けっしん
切手　石鹼　結婚　決心

けんか　けっせき　けっきん　せんせい
喧嘩　欠席　欠勤　先生

注意

掉發音，故稱撥音。
(2)撥音「ん」，必在別字之下，將其上之字，撥寫在底線處。
(1)促音「っ」，比一般平假名小一號，橫寫時，

課文中譯

三　書　罐　日本人

台灣　台灣人　韓國人

田中{先生／小姐　林{先生／小姐　陳{先生／小姐

郵票　肥皂

吵／打}架　缺席　曠職　老師

第四課（だいよんか）　助詞（じょし）「と」

あなたと　私（わたし）

目（め）と　耳（みみ）

手（て）と　足（あし）

胸（むね）と　腰（こし）

梅（うめ）と　桜（さくら）

松（まつ）と　竹（たけ）と　梅（うめ）

父（ちち）と　母（はは）と　兄（あに）と　姉（あね）

課文中譯

您和我

眼睛和耳朵

手否腳　手和腳

胸部和腰

梅和櫻（樹）

松（樹）和竹子和梅

我的爸爸和我的媽媽和
我的哥哥和我的姐姐

簡單文法

(1) [名詞] と [名詞]

[名詞] 和 [名詞]

「と」用來連接兩個名詞，若三個名詞則用兩個「と」。

它的名稱爲「助詞」，它之外尚有40多個助詞。各助詞均須連接在某一語之下，以表示它之上下語彼此之關係。

習題

(1) 天空和鳥。 ______________________________

(2) 胸部和腿。 ______________________________

(3) 父親和我。 ______________________________

(4) 母親和我。 ______________________________

(5) 哥哥和我。 ______________________________

(6) 姐姐和我。 ______________________________

(7) 父親和你。 ______________________________

(8) 母親和你。 ______________________________

第五課(だいごか)　助詞(じょし)「の」

私(わたし)の　手(て)

私(わたし)の　足(あし)

私(わたし)の　手(て)と足(あし)

私(わたし)の　目(め)

私(わたし)の　耳(みみ)

私(わたし)の　鼻(はな)

私(わたし)の　口(くち)

私(わたし)の　目(め)と　耳(みみ)と　鼻(はな)と　口(くち)

あなたの　うち

わたしの　うち

田中(たなか)さんの　うち

陳(ちん)さんの　うち

課文中譯

我的手
我的腳
我的手和腳

我的眼睛
我的耳朵
我的鼻子
我的嘴
我的眼睛和耳朵和鼻子和嘴

你的家
我的家
田中{先生／小姐}的家
陳{先生／小姐}的家

簡單文法

(1) 「の」係「格助詞」，「格助詞」須接在{名詞／代名詞}之後，上一課「と」亦係「格助詞」。

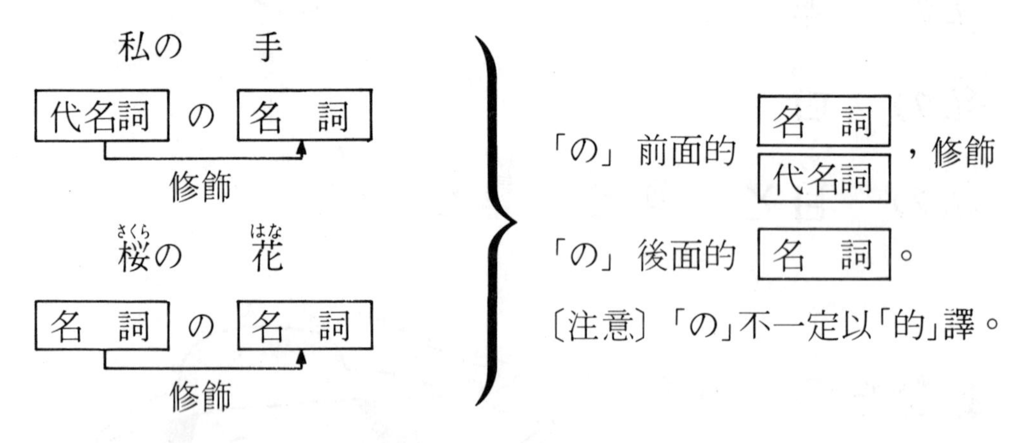

(2) 「うち」係「home」之意，原可寫「家」或「內」，惟現今日本以寫平假名爲宜。

習題

(1) 你的手。＿＿＿＿＿＿＿＿＿＿

(2) 你的腳。＿＿＿＿＿＿＿＿＿＿

(3) 你的手和腳。＿＿＿＿＿＿＿＿＿＿

(4) 你的眼睛和我的眼睛。＿＿＿＿＿＿＿＿＿＿

(5) 你的家和我的家。＿＿＿＿＿＿＿＿＿＿

(6) 田中先生的家和陳小姐的家。＿＿＿＿＿＿＿＿＿＿

(7) 你的書和我的書。＿＿＿＿＿＿＿＿＿＿

(8) 陳小姐的結婚。＿＿＿＿＿＿＿＿＿＿

(9) 我的決心。＿＿＿＿＿＿＿＿＿＿

(10) 櫻花和梅花（梅(うめ)の花）。＿＿＿＿＿＿＿＿＿＿

第六課（だいろっか）　形容詞（けいようし）

大（おお）きい。

大（おお）きい目（め）。

小（ちい）さい。

小（ちい）さい目（め）。

長（なが）い。

長（なが）い足（あし）。

短（みじか）い。

短（みじか）い手（て）。

重（おも）い。

重（おも）い荷物（にもつ）。

軽（かる）い。

軽（かる）い荷物（にもつ）。

課文中譯

大的
大的眼睛

小的
小的眼睛

長的
長的腳

短的
短的手

重的
重的行李

輕的
輕的行李

簡單文法

(1)　「……い」這種形態的單語都是「形容詞」。就是說明任何一個物體的外形、內容的單語。「……い。」叫做「終止形」。「……い 名詞 」叫做「連體形」。都是由「い」來終止或接「名詞」。

(2)　顏色的單語有「形容詞」與「名詞」。如：「赤(あか)」「赤(あか)い」、「青(あお)」「青(あお)い」、「白(しろ)」「白(しろ)い」、「黒(くろ)」「黒(くろ)い」。

習題

(1)　大的。＿＿＿＿＿＿＿＿＿＿＿＿＿＿＿＿

(2)　大的狗。＿＿＿＿＿＿＿＿＿＿＿＿＿＿＿

(3)　小的。＿＿＿＿＿＿＿＿＿＿＿＿＿＿＿＿

(4)　小的嘴。＿＿＿＿＿＿＿＿＿＿＿＿＿＿＿

(5)　長的。＿＿＿＿＿＿＿＿＿＿＿＿＿＿＿＿

(6)　長的頭髮（髪(かみ)）。＿＿＿＿＿＿＿＿＿＿＿＿

(7)　短的尾巴（尾(お)）。＿＿＿＿＿＿＿＿＿＿＿＿

第七課　濁音及半濁音

だいななか　だくおん　はんだくおん

が	ぎ	ぐ	げ	ご	ざ	じ	ず

ぜ	ぞ

がくせい **学生** (學生)	ぜんざい **善哉** (紅豆湯)	がっき **楽器** (樂器)
ぎんか **銀貨** (銀幣)	かんじ **漢字** (中國字)	ずが **図画** (圖畫)
ぐんじん **軍人** (軍人)	すず **鈴** (鈴)	がいこく **外国** (外國)
げんかん **玄関** (門口)	かぜ **風** (風)	さじ **匙** (spoon)
ごはん **御飯** (乾飯)	かぞく **家族** (家族)	はいざら **灰皿** (煙灰缸)

だ	ぢ	づ	で	ど	ば	び	ぶ

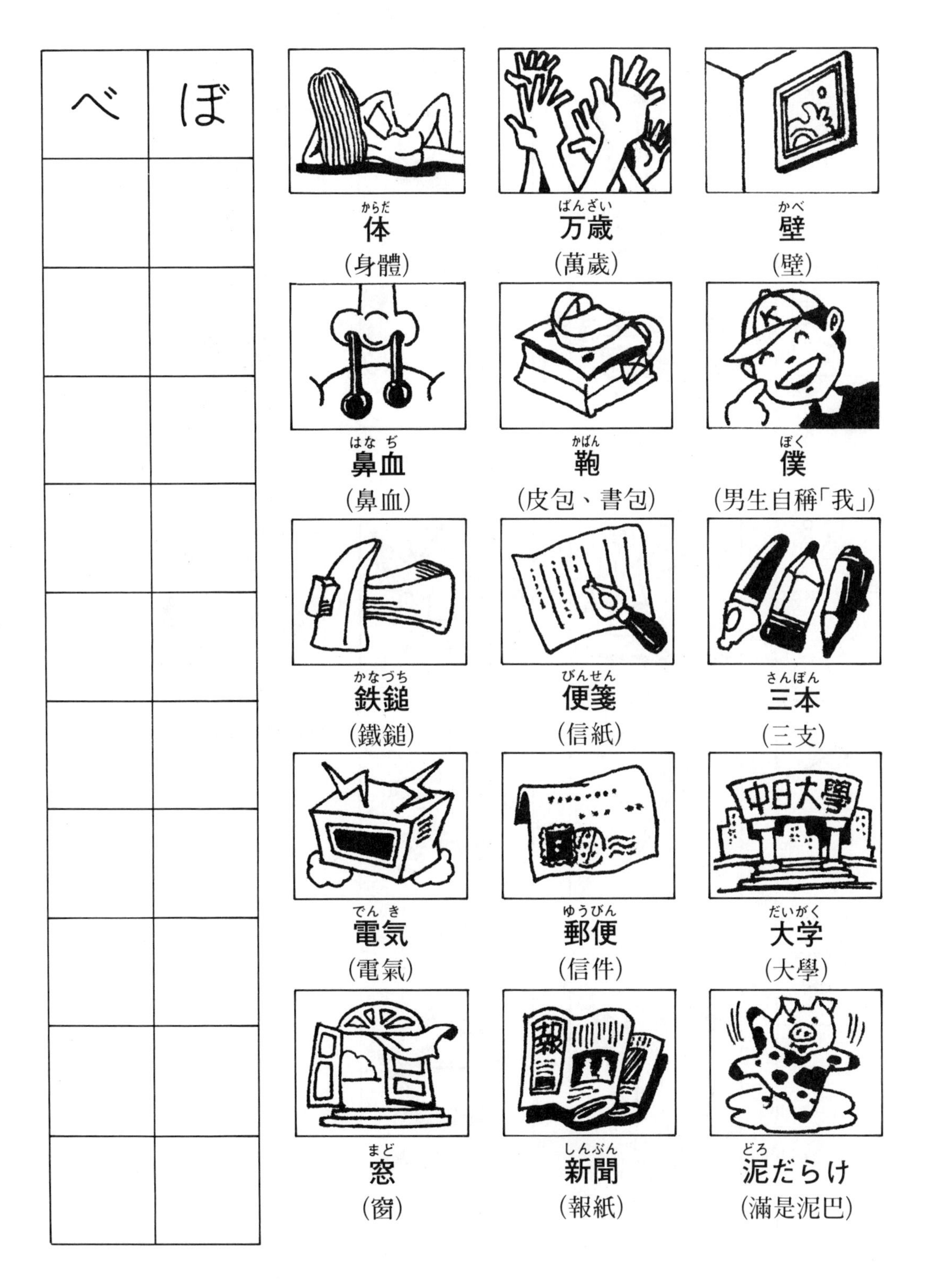
べ
ぼ
からだ
体
(身體)
ばんざい
万歳
(萬歳)
かべ
壁
(壁)
はなぢ
鼻血
(鼻血)
かばん
鞄
(皮包、書包)
ぼく
僕
(男生自稱「我」)
かなづち
鉄鎚
(鐵鎚)
びんせん
便箋
(信紙)
さんぼん
三本
(三支)
中日大學
でんき
電気
(電氣)
ゆうびん
郵便
(信件)
だいがく
大学
(大學)
報
まど
窓
(窗)
しんぶん
新聞
(報紙)
どろ
泥だらけ
(滿是泥巴)

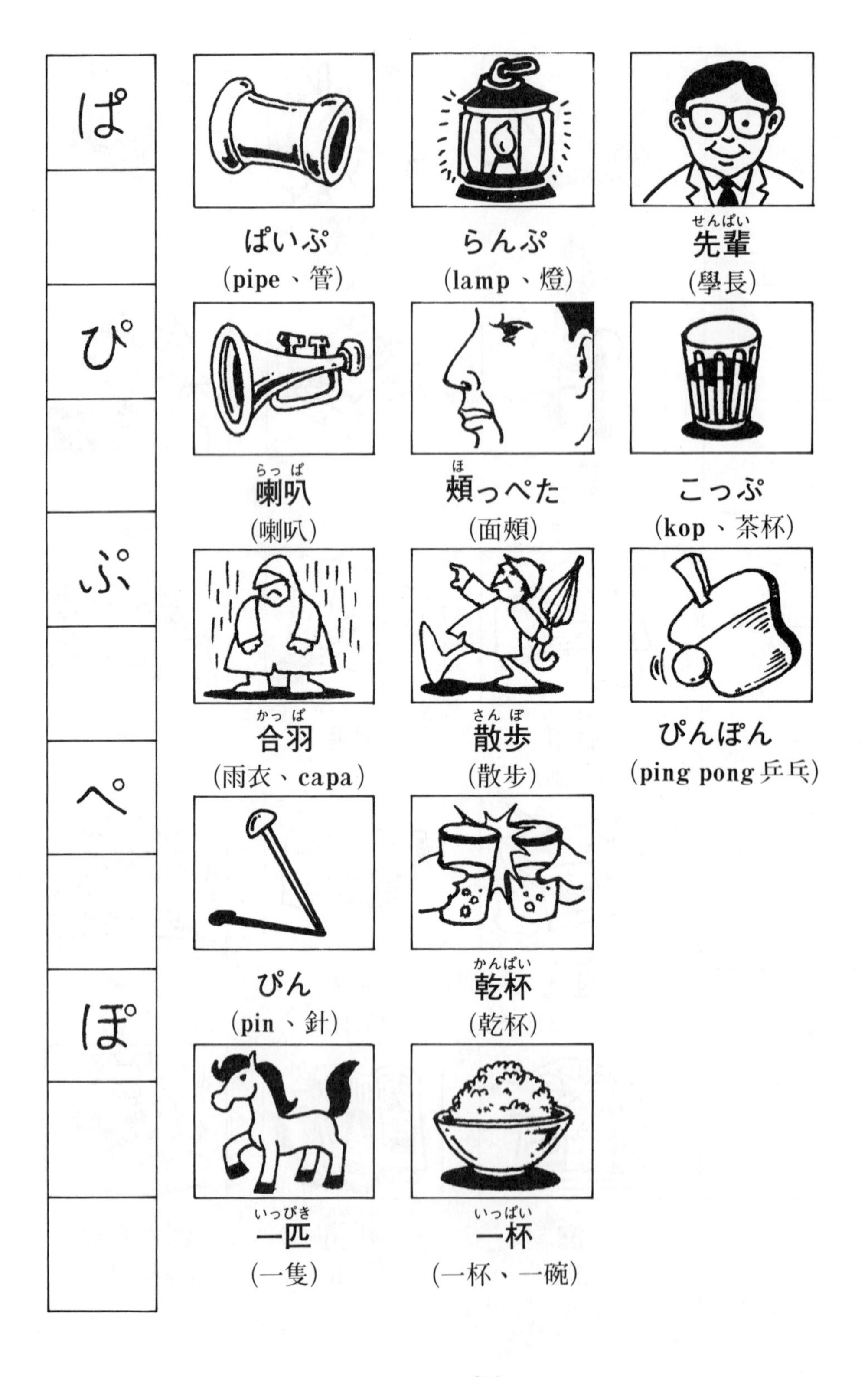

ぱ
ぴ
ぷ
ぺ
ぽ
ぱいぷ
(pipe、管)
らんぷ
(lamp、燈)
せんぱい
先輩
(學長)
らっぱ
喇叭
(喇叭)
ほ
頬っぺた
(面頰)
こっぷ
(kop、茶杯)
かっぱ
合羽
(雨衣、capa)
さんぽ
散歩
(散步)
ぴんぽん
(ping pong 乒乓)
ぴん
(pin、針)
かんぱい
乾杯
(乾杯)
いっぴき
一匹
(一隻)
いっぱい
一杯
(一杯、一碗)

平假名總表

清音	あ	い	う	え	お
	か	き	く	け	こ
	さ	し	す	せ	そ
	た	ち	つ	て	と
	な	に	ぬ	ね	の
	は	ひ	ふ	へ	ほ
	ま	み	む	め	も
	や		ゆ		よ
	ら	り	る	れ	ろ
	わ				を
撥音	ん				
濁音	が	ぎ	ぐ	げ	ご
	ざ	じ	ず	ぜ	ぞ
	だ	ぢ	づ	で	ど
	ば	び	ぶ	べ	ぼ
半濁音	ぱ	ぴ	ぷ	ぺ	ぽ

第八課(だいはちか)　形容動詞(けいようどうし)

綺麗(きれい)だ。

綺麗(きれい)な顔(かお)。

綺麗(きれい)な花(はな)。

真面目(まじめ)だ。

真面目(まじめ)な顔(かお)。

真面目(まじめ)な人(ひと)。

賑(にぎ)やかだ。

賑(にぎ)やかな町(まち)。

賑(にぎ)やかな所(ところ)。

静(しず)かだ。

静(しず)かな人(ひと)。

静(しず)かな田舎(いなか)。

課文中譯

美麗(乾淨)
美麗的臉(乾淨的臉)
美麗的花

認眞(正經)
認眞的臉
認眞的人

熱鬧
熱鬧的街上
熱鬧的地方

安靜
安靜的人
安靜的鄉下

溫暖(暖和)
暖和的春天
暖和的台灣

暖(あたた)かだ。

暖(あたた)かな春(はる)。

暖(あたた)かな台湾(たいわん)。

簡單文法

[……だ] 形態的單語，叫做「形容動詞」。它是來自中國話的「形容詞」，日本原有的「形容詞」是 [……い] 形態。爲與 [……い] 區別，[……だ] 才加添「動」，稱爲「形容動詞」。它以 [……な] 形態，連接「名詞」。

[……だ] ＝終止形

[……な] ＝連體形（連接體言（名詞）之形）

習題

(1) 美麗的手。＿＿＿＿＿＿＿＿＿＿

(2) 美麗的山。＿＿＿＿＿＿＿＿＿＿

(3) 正經的地方。＿＿＿＿＿＿＿＿＿＿

(4) 認眞的學生。＿＿＿＿＿＿＿＿＿＿

(5) 熱鬧的台北。＿＿＿＿＿＿＿＿＿＿

(6) 熱鬧的夜市（夜店(よみせ)）。＿＿＿＿＿＿＿＿＿＿

(7) 安靜的晚上（夜(よる)）。＿＿＿＿＿＿＿＿＿＿＿＿＿＿＿＿

(8) 安靜的山上（山(やま)の上(うえ)）。＿＿＿＿＿＿＿＿＿＿＿＿＿＿

(9) 暖和的日子（日(ひ)）。＿＿＿＿＿＿＿＿＿＿＿＿＿＿＿＿

(10) 暖和的房間（部屋(へや)）。＿＿＿＿＿＿＿＿＿＿＿＿＿＿

第九課（だいきゅうか）　拗音（ようおん）

きゃ	しゃ	ちゃ	にゃ	ひゃ	みゃ
りゃ	ぎゃ	じゃ	ぢゃ	びゃ	ぴゃ

きゅ	しゅ	ちゅ	にゅ	ひゅ	みゅ

りゅ	ぎゅ	じゅ	ぢゅ	びゅ	ぴゅ

きょ	しょ	ちょ	にょ	ひょ	みょ
りょ	ぎょ	じょ	ぢょ	びょ	ぴょ

きゃく
お客さん
（客人）

ちゃ
お茶
（茶）

さんびゃく
三百
（三百）

きょうかい
教会
（教會）

きゅうしゅう
九州
（九州）

ひょうしょう
表彰
（表揚）

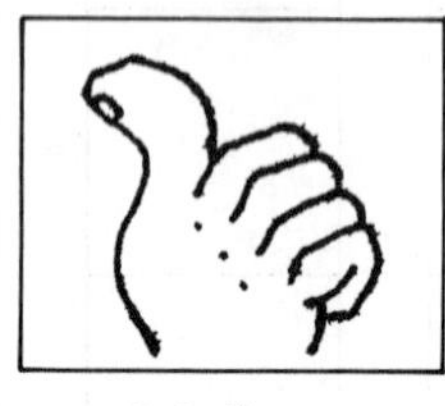

じょうず
上手だ
（拿手）

ろっぴゃく
六百
（六百）

でんしゃ
電車
（電車）

りゅうがく
留学
（留學）

ひゃくえん
百円
（百元）

しょうじき
正直だ
（誠實）

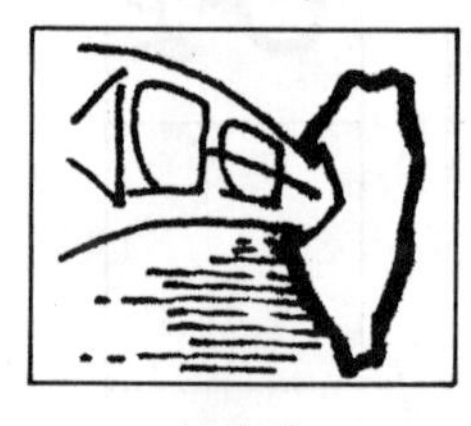

たいちゅう
台中
（台中）

じゅぎょう
授業
（講課）

りょこう
旅行
（旅行）

ひょう
表
（報表）

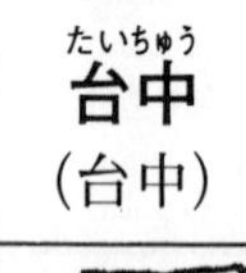
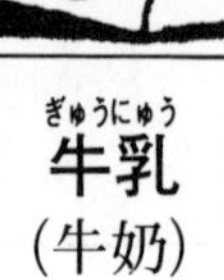

ぎゅうにゅう
牛乳
（牛奶）

じょうぶ
丈夫だ
（强健）

じゃま
邪魔
（妨礙）

ぎょうざ
餃座
（水餃）

「や」「ゆ」「よ」之小字，置於「い段」（いきしちにひみりぎじぢびぴ）之右下時，其讀法要和「い段」之字，一併發音。如：「いしや」則唸「i Shi ya」，但如寫「いしゃ」則要唸「i Sha 」。「石屋(いしや)」（刻墓碑等之店）。「医者(いしゃ)」（醫生）。其他的例子如下：

美容院(びよういん)・病院(びょういん)；植木屋(うえきや)（種盆栽之人）・お客(きゃく)；

お菓子屋(かしや)（糖果店）・会社(かいしゃ)（公司）。

這種「（い段）ゃ・（い段）ゅ・（い段）ょ」叫做「拗音(ようおん)」。它是屬於漢語（由唐朝傳到日本之語）。

第十課（だいじゅっか）　長音（ちょうおん）

ああ、疲（つか）れた。

ああ、見（み）える。

ああ、おいしい。

いい本（ほん）

いい人（ひと）

いい日（ひ）

多（おお）い　・　遠（とお）い

大（おお）きい

狼（おおかみ）　・　氷（こおり）　・　通（とお）り

課文中譯

啊！好累！
啊！看得見。

好書
好人
好日子

多・遠
大
狼・冰・馬路

空気（くうき）
空氣

数字（すうじ）
數字

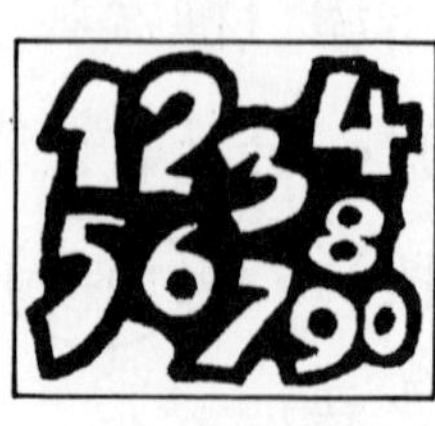

数学（すうがく）
數學

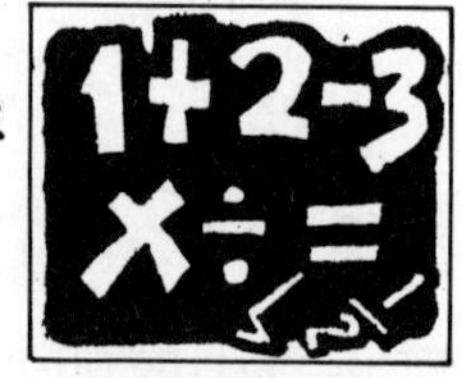

こうつう
交通
交通

ふうぞく
風俗
風俗

たいぐう
待遇
待遇

おうさま
王様
國王

こうえん
公園
公園

そうじ
掃除
掃除

でんとう
電燈
電燈

はいのう
背嚢
背包

ほうほう
方法
方法

もうふ
毛布
毛氈

ようふく
洋服
西裝

ろうそく
蠟燭
蠟燭

簡單文法

⊙「長音」之三種形態：

(1)㊙㊙

例：ああ　いい　ええ　おお

（あー）（いー）（えー）（おー）

(2)㊚㊙　〔但是，前後之子音、母音要同段者，如あ與か、さ、た同段，う與く、す、つ同段〕

例：くう　すう　つう　ふう　ぐう

（くー）（すー）（つー）（ふー）（ぐー）

(3) お段 ㋒ 〔所謂「お段」，則為おこそとのほもよろをごぞどぼぽ之15字〕

例： こう そう とう のう ほう ろう ごう

（こー）（そー）（とー）（のー）（ほー）（ろー）（ごー）

ぞう どう

（ぞー）（どー）

第十一課(だいじゅういっか)　形容詞(けいようし)與形容動詞(けいようどうし)

大(おお)きい。

大(おお)きい人(ひと)。

丈夫(じょうぶ)だ。

丈夫(じょうぶ)な人(ひと)。

日本(にほん)。

日本(にほん)の人(ひと)。

美(うつく)しい。

美(うつく)しい花(はな)。

綺麗(きれい)だ。

綺麗(きれい)な花(はな)。

花壇(かだん)。

花壇(かだん)の花(はな)。

課文中譯

大(大的)
高大的人
強健
強健的人
日本
日本人

美麗
美麗的花
美麗
美麗的花
花壇
花壇上之花

熱
熱的日子
暖和
暖和的日子
休假
休假的日子

暑(あつ)い。

暑(あつ)い日(ひ)。

暖(あたた)かだ。

暖(あたた)かな日(ひ)。

休(やす)み。

休(やす)みの日(ひ)。

簡單文法

(形容詞)

……い		名　詞

(形容動詞)

……な		名　詞
名　詞	の	名　詞

説明：

(1)形容詞之「終止形」「連體形」均為「……い」。

(2)形容動詞之「終止形」為「……だ」「連體形」為「……な」

(3)名詞接名詞時，中間接「の」。

習題

(1) 大的狗。________________

(2) 日本的狗。________________

(3) 漂亮的狗。________________

(4) 廣闊的房間。(広(ひろ)い) ______________________

(5) 漂亮的房間。 ______________________

(6) 日本的房間。 ______________________

(7) 高的人。(高(たか)い) ______________________

(8) 強健的人。 ______________________

(9) 台灣的人。 ______________________

第十二課(だいじゅうにか)　初対面(しょたいめん)（初見面的打招呼）

今日(こんにち)は。

初(はじ)めまして。

私(わたし)は山田(やまだ)です。

私(わたし)は会社員(かいしゃいん)です。

どうぞ、よろしく。

今晩(こんばん)は。

初(はじ)めまして。

私(わたし)は顔(がん)です。

私(わたし)は大学生(だいがくせい)です。

どうぞ、よろしく。

お早(はよ)うございます。

暑(あつ)いですね。

黄(こう)です。公務員(こうむいん)です。

よろしくお願(ねが)いします。

課文中譯

您好！
初次見面。
我姓山田。
我是公司職員。
請多多指教。

晚安！
初次見面。
我姓顏。
我是大學生。
請多多指教。

早安！
好熱呀！
我姓黃，是公務員。
請多多指教。

簡單文法

(1) 名　詞 です。　　形容詞 です。

‖　是　　‖　只表示此句是敬體。不譯

是 名　詞　　形容詞

(2) 形容動詞だ　形容動詞です

だ：語尾　　です：語尾

綺麗　だ	綺麗　です
丈夫　だ	丈夫　です
常　體	敬　體

(3) 「ね」表示「確認」,「引起對方注意、好感」可當「……啊！」譯。

(4) 「どうぞ」副詞，作「請」譯。

(5) 「よろしく」好好地、多多地。

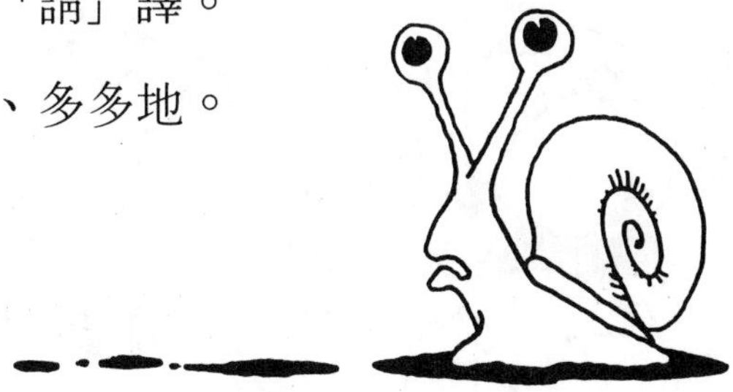

習題

(1) 早安。＿＿＿＿＿＿＿＿＿＿＿＿＿＿＿＿＿＿

(2) 午安。(您好) ＿＿＿＿＿＿＿＿＿＿＿＿＿＿＿＿

(3) 晚安。＿＿＿＿＿＿＿＿＿＿＿＿＿＿＿＿＿＿

(4) 初次見面。＿＿＿＿＿＿＿＿＿＿＿＿＿＿＿＿

(5) 多多指教。＿＿＿＿＿＿＿＿＿＿＿＿＿＿＿＿

(6) 好熱啊！ ____________________

(7) 好冷啊！（寒（さむ）い） ____________________

(8) 我是學生。____________________

(9) 我是老師。（先生（せんせい））____________________

第十三課（だいじゅうさんか）　指示代名詞「これ」

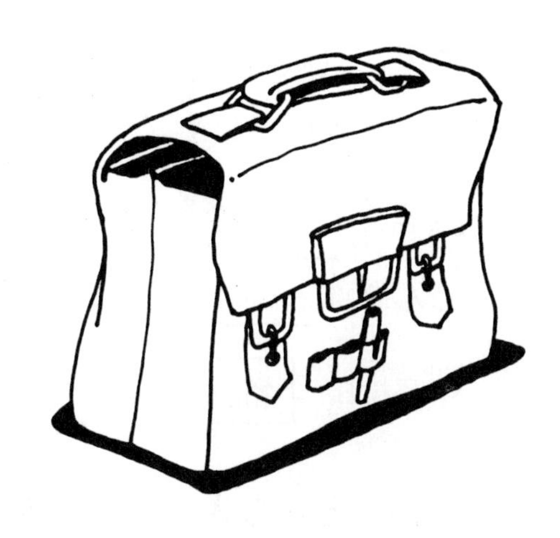

これは　何（なん）ですか。

それは　本（ほん）です。

何（なん）の　本（ほん）ですか。

日本語（にほんご）の　本（ほん）です。

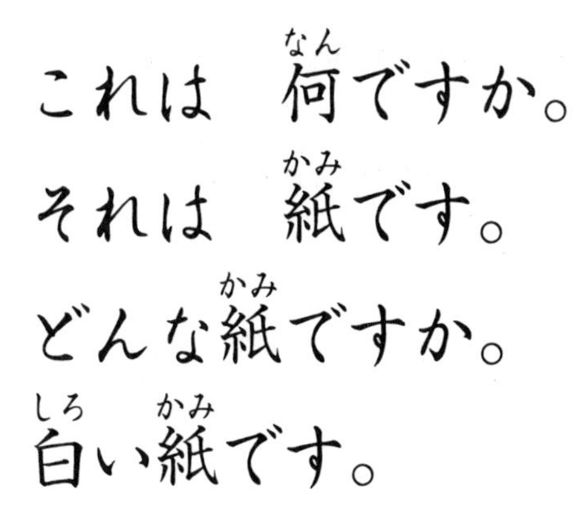

これは　何（なん）ですか。

それは　紙（かみ）です。

どんな紙（かみ）ですか。

白（しろ）い紙（かみ）です。

それは　何（なん）ですか。

これは　鞄（かばん）です。

誰（だれ）の　鞄（かばん）ですか。

私（わたし）の　鞄（かばん）です。

課文中譯

這是什麼？
那是書。
什麼書？
日語的書。

這是什麼？
那是紙。
什麼樣的紙？
是白色的紙。

那是什麼？
這是書包。
是誰的書包？
是我的書包。

簡單文法

(1) 何(なん)ですか。＝是什麼東西？

「か」表示疑問、發問。

「です」（敬體）
「だ」（常體）　均是爲「是」。

但若「です」接在「形容詞」之下，則表示敬體，不作「是」譯。

(2) どんな [名詞]　「どんな」爲連體詞，其下必接名詞。
　　‖
什麼樣的 [名詞]

(例) どんな人(ひと)　どんな本(ほん)　どんな所(ところ)
‖　‖　‖
什麼樣的人　什麼樣的書　什麼樣的地方

(3) これ　それ　あれ　どれ

（這個東西）　（那個東西）　（更遠的那個東西）（哪一個東西？）

必須用手指指，故稱爲「指示代名詞」。

(4) [題目語] は [述　語] です。

①不能譯　是

②唸wa

「題目語」＝待說明之「名詞」「代名詞」。

習題

(1) 這是什麼？ ______________________

(2) 那是帽子。 (帽子[ぼうし]) ______________________________

(3) 那是什麼樣的帽子？ ______________________________

(4) 是黑色的帽子。 (黒[くろ]い) ______________________________

(5) 那是什麼？ ______________________________

(6) 那是學校。 ______________________________

(7) 是什麼學校？ ______________________________

(8) 是小學校。 (小学校[しょうがっこう]) ______________________________

第十四課(だいじゅうよんか)　指示代名詞「ここ」

ここは　会社(かいしゃ)です。

どんな会社(かいしゃ)ですか。

大(おお)きい会社(かいしゃ)です。

何(なん)の　会社(かいしゃ)ですか。

鋼鉄会社(こうてつがいしゃ)です。

ここは　何(なん)ですか。

ここは　台北駅(たいほくえき)です。

大(おお)きいですね。

はい、新(あたら)しい駅(えき)です。

そこは　何(なん)ですか。

そこは　公園(こうえん)です。

広(ひろ)い公園(こうえん)ですね。

はい、広(ひろ)いです。

あそこは　何(なん)ですか。

あそこは　運動場(うんどうじょう)です。

あれも　広(ひろ)いですね。

はい、あれも　広(ひろ)いです。

課文中譯

這裏是公司。
是什麼樣的公司？
是大公司。
是什麼樣的公司？
是鋼鐵公司。

這裏是什麼？
這裏是台北車站。
好大啊！
是，是新車站。

那裏是什麼？
那裏是公園。
是好廣闊的公園啊！
是，很廣闊。

那裏是什麼？
那裏是體育場。
那也好廣闊啊！
是，那也很廣闊。

簡單文法

(1)

ここ	そこ	あそこ	どこ
(這裏)	(那裏)	(那裏)	(哪裏？)
here	there	over there	where

這四語亦爲「指示代名詞」是指「地方」。

(2)　「も」當作「也」(too, also) 解，表示和前句情形相同。

（例）東京は賑やかです。台北も賑やかです。

蔡さんは真面目です。顔さんも真面目です。

(3) 会社（かいしゃ） ⇨ [名詞] 会社（がいしゃ）　可變濁音之字之前若接「名詞」則變為濁音，這稱為「連濁音」。

習題

(1) 這裏是台北嗎？ ______________________

(2) 是，這裏是台北。 ______________________

(3) 好大啊！ ______________________

(4) 是，很大。 ______________________

(5) 那是好漂亮的公園啊！ ______________________

(6) 是，那是台北新公園。 ______________________

第十五課(だいじゅうごか)　指示代名詞「こっち」

こっちは　東(ひがし)です。

そっちは　西(にし)です。

あっちは　南(みなみ)です。

どっちが　北(きた)ですか。

こっちは　駅(えき)です。

そっちは　学校(がっこう)です。

あっちは　空港(くうこう)です。

どっちが　公園(こうえん)ですか。

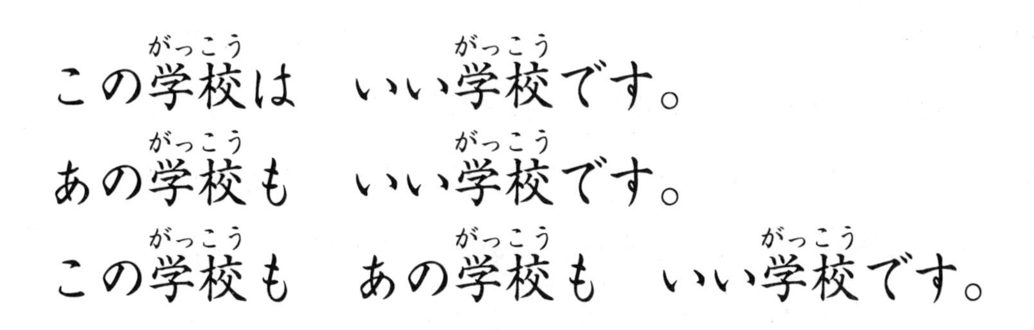

この学校(がっこう)は　いい学校(がっこう)です。

あの学校(がっこう)も　いい学校(がっこう)です。

この学校(がっこう)も　あの学校(がっこう)も　いい学校(がっこう)です。

これは　学校(がっこう)です。

それは　大(おお)きい店(みせ)です。

これは　学校(がっこう)で、それは大(おお)きい店(みせ)です。

課文中譯

這邊是東邊。
那邊是西邊。
那邊是南邊。
哪邊是北邊？

這邊是車站。
那邊是學校。
那邊是機場。
哪邊是公園？

這個學校是好學校。
那個學校也是好學校。
這個學校和那個學校都是好學校。

這是學校。
那是大的店(百貨公司)。
這是學校，(而)那是大的店(百貨公司)。

簡單文法

(1) この 名詞 、その 名詞 、あの 名詞 、どの 名詞 ，
這四語叫做「連體詞」。

(2) こっち　そっち　あっち　どっち
(這邊)　(那邊)　(那邊)　(哪一邊)
｛四語亦爲「指示代名詞」是指方向用者。｝

(3) 指廣濶場所或建築物，用「ここ」或「これ」均可。惟托福考試之正確答案爲「これ」「それ」「あれ」「どれ」，請注意。

(4) 相同情形之兩句可用「 名詞 も 名詞 も」合併爲一句。

例：山田さんは日本人です。
田中さんも日本人です。
⇨ 山田さんも田中さんも日本人です。

(5) 不同情形之兩句可用「～は 名詞 で……は 名詞 です。」合併。

例：山田さんは日本人です。
　　鄧(とう)さんは中国人です。
⇨ 山田さんは日本人で、鄧さんは中国人です。

(6) 「是」有三種說法，「だ」「です」「で」。故在此「で」是「是」而非「而」。日語不用說「而」。

(7) 「どっち」爲什麼不接「は」，改天講。

習題

(1) 車站是這邊嗎？ ______

(2) 哪一邊是車站？ ______

(3) 那邊是車站。 ______

(4) 這支鉛筆是你的嗎？ (鉛筆(えんぴつ)) ______

(5) 是，那支鉛筆是我的。 ______

第十六課（だいじゅうろっか）　人代名詞「私、あなた」／連体詞「この、あの」

あなたは　学生（がくせい）ですか。

はい、そうです。私（わたし）は　学生（がくせい）です。

どこの学生（がくせい）ですか。

中興大学（ちゅうこうだいがく）の　学生（がくせい）です。

何（なん）の学生（がくせい）ですか。

植物学部（しょくぶつがくぶ）の　学生（がくせい）です。

何年生（なんねんせい）ですか。

三年生（さんねんせい）です。

あの人（ひと）も学生（がくせい）ですか。

いいえ、彼（かれ）は　学生（がくせい）ではありません。

彼（かれ）は　店員（てんいん）です。

どんな店（みせ）の　店員（てんいん）ですか。

既製品店（きせいひんてん）の　店員（てんいん）です。

彼女（かのじょ）も　そうですか。

いいえ、彼女(かのじょ)はそうではありません。
彼女(かのじょ)は　看護婦(かんごふ)です。

課文中譯

你是學生嗎？
是，是的。我是學生。
哪裏的學生？
中興大學的學生。
是什麼學生？
是植物學系的學生。
是幾年級的學生？
是三年級的學生。
那個人也是學生嗎？
不！他不是學生。
他是店員。
什麼樣的店的店員？
是成品衣店的店員。
她也是嗎？
不！她不是(那樣)。
她是護士。

簡單文法

(1)　はい、そうです。　　　「そう」是副詞，那樣。

是，是（你說的）那樣。

いいえ、そうではありません。

不，不是（你說的）那樣。

(2)　人稱代名詞

自稱	對稱	他稱	不定稱	
わたし	あなた	かれ かのじょ	だれ	(平常說法)
ぼく	おまえ	あいつ	どいつ	(粗俗說法)
わたくし	おたく	あのかた	どなたさま	(恭敬說法)

注意

代名詞
- (1)人稱代名詞（如上表）
- (2)指示代名詞
  - こ　れ、そ　れ、あ　れ、ど　れ
  - こ　こ、そ　こ、あそこ、ど　こ
  - こっち、そっち、あっち、どっち

(3) この / あの　名詞

（連體詞）

習題

(1) 你是店員嗎？________________

(2) 是，是的。我是店員。________________

(3) 是什麼樣的店的店員？________________

(4) 是書店的店員。（本屋（ほんや））________________

(5) 她也是書店的店員嗎？________________

(6) 不，不是。她是老師。________________

(7) 是哪裏的老師？________________

(8) 是幼稚園的老師。（保育園（ほいくえん））________________

【綜合習題】（1 課～16課）

A 、塡適當之單語於＿＿＿裏面。

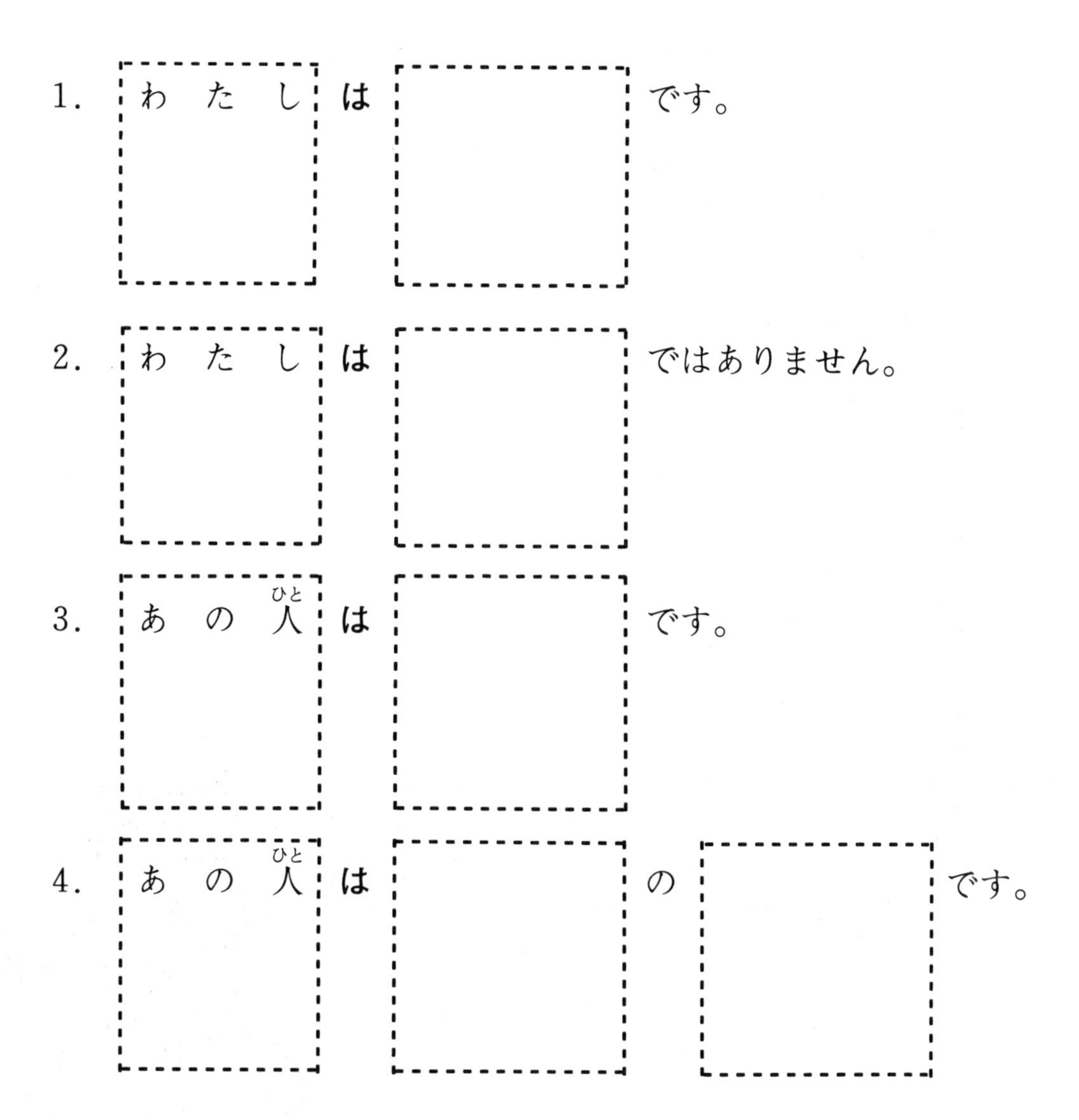

例：東京大學的留學生。
台灣的留學生。
公司的職員。
學校的老師。

5. あなた は ＿＿ ですか、＿＿ ですか。

例： 你是學生還是老師？
你是公司職員還是公務員？
你是護士還是會計？

6. これ は ＿＿ です。

7. これ は ＿＿ ではありません。

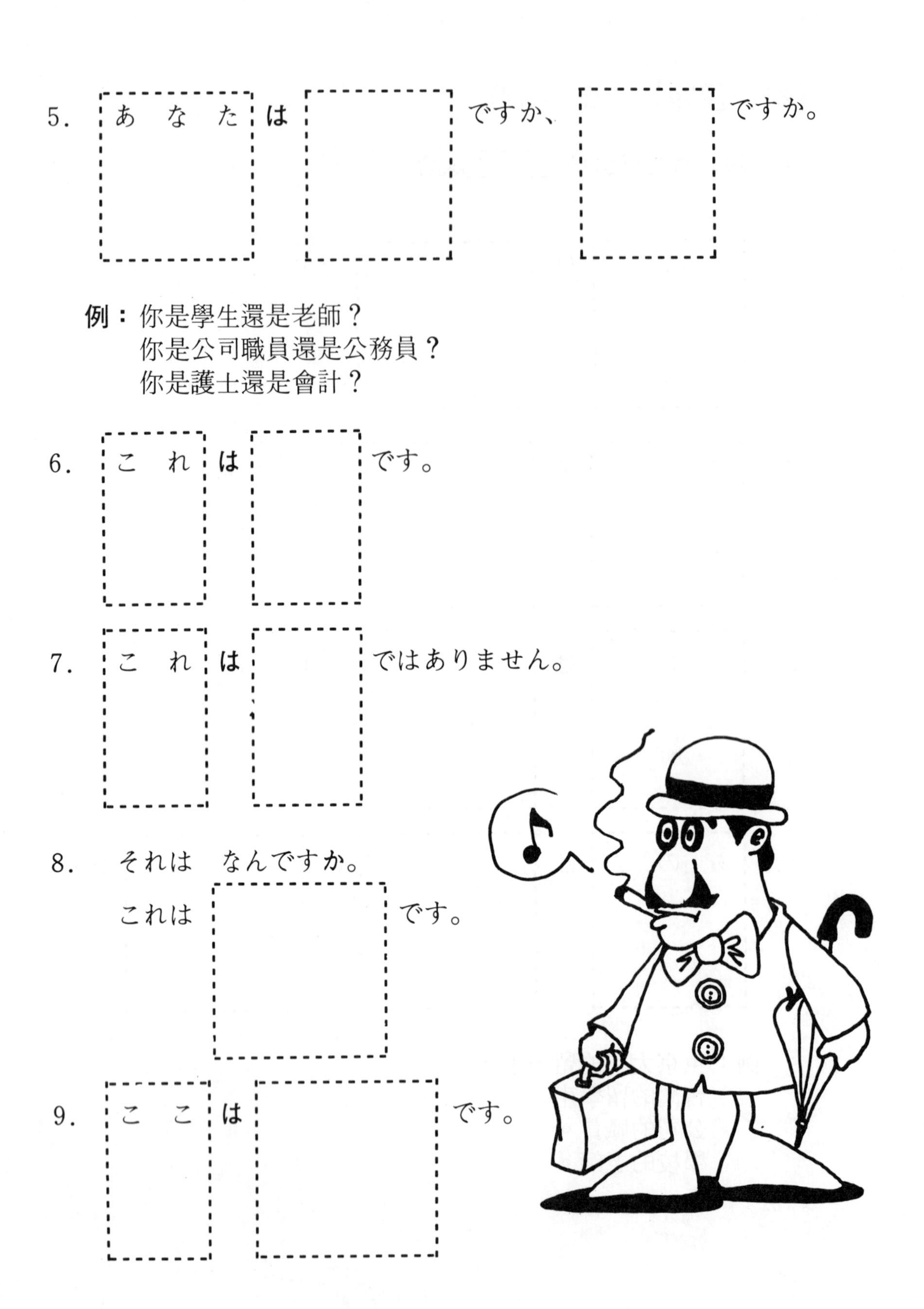

8. それは　なんですか。
これは ＿＿ です。

9. ここ は ＿＿ です。

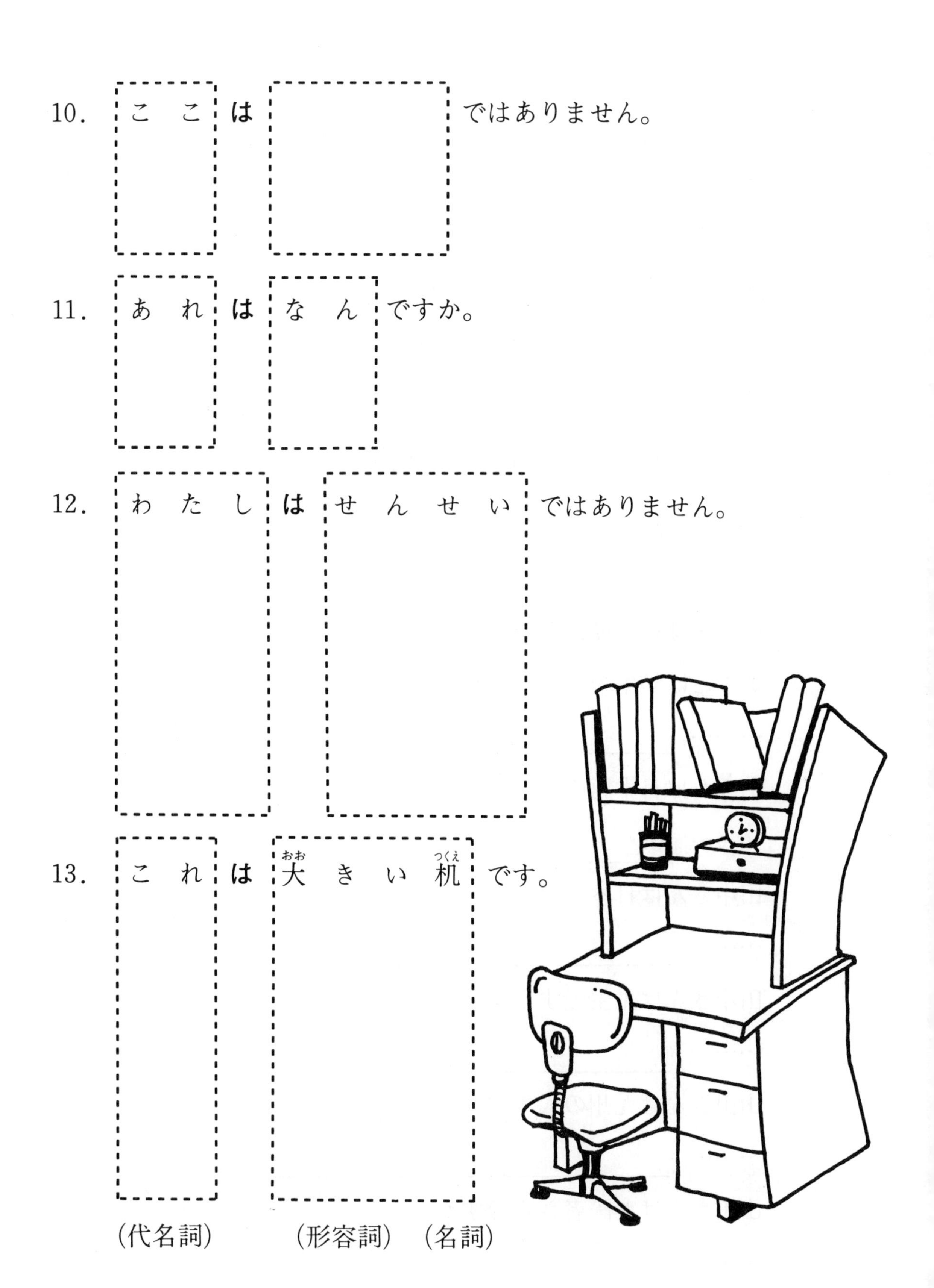

10. ここ は ＿＿＿ ではありません。

11. あれ は なん ですか。

12. わたし は せんせい ではありません。

13. これ は 大(おお)きい 机(つくえ) です。

（代名詞）　（形容詞）（名詞）

14. これ は 丈夫(じょうぶ)な 椅子(いす) です。

(代名詞) (形容動詞) (名詞)

B、依例造句：

1．あなたは台湾人ですか。

………はい、私は台湾人です。

あなたは学生ですか。

………＿＿＿＿＿＿＿＿＿＿

あなたは日本語の学生ですか。

………＿＿＿＿＿＿＿＿＿＿

田中さんは日本人ですか。

………＿＿＿＿＿＿＿＿＿＿

田中さんは先生ですか。

………＿＿＿＿＿＿＿＿＿＿

山田さんは九州の人ですか。

………＿＿＿＿＿＿＿＿＿＿

山田さんはお医者(いしゃ)さんですか。

………＿＿＿＿＿＿＿＿＿＿

2．彼(かれ)も台湾人ですか。

………はい、彼も台湾人です。

彼も学生ですか。

……… ________________________

彼女(かのじょ)も台湾人ですか。

……… ________________________

彼女も先生ですか。

……… ________________________

黄(こう)さんも医者(いしゃ)ですか。

……… ________________________

陳(ちん)さんも公務員(こうむいん)ですか。

……… ________________________

3．あなたも学生ですか。

………いいえ、{ 違(ちが)います。
私は学生ではありません。 }

私は先生です。

あなたも先生ですか。

……… ________________________

あなたも医者ですか。

……… ________________________

彼も公務員ですか。

……… ________________________

彼女も会社員ですか。

……… ________________________

第十七課(だいじゅうななか)　存在動詞(そうざいどうし)「あります」

　本(ほん)が　あります。

本(ほん)は　どこに　ありますか。

本(ほん)は　机(つくえ)の上(うえ)に　あります。

　木(き)が　あります。

木(き)は　どこに　ありますか。

木(き)は　教室(きょうしつ)の　前(まえ)に　あります。

　机(つくえ)と　椅子(いす)が　あります。

机(つくえ)と　椅子(いす)は　どこに　ありますか。

机(つくえ)と　椅子(いす)は　教室(きょうしつ)の　中(なか)に　あります。

　黒板(こくばん)が　あります。

黒板(こくばん)は　どこに　ありますか。

黒板(こくばん)は　私達(わたしたち)の　前(まえ)に　あります。

課文中譯

有書。
書在哪裏？
書在桌子上。

有樹。
樹在哪裏？
樹在教室的前面。

有桌子和椅子
桌子和椅子在哪裏？
桌子和椅子在教室裏面。

有黑板。
黑板在哪裏？
黑板在我們面前。

簡單文法

(1) 主語 があります。

不能譯

（有 主語 ）

題目語 は 場所 にあります。

（ 題目語 在 場所 （有））

省略

(2)

主　語		述　語
①存在物	が	①存在動詞
②動作物		②動作動詞

（例）①本が　あります。

存在物　存在動詞

②先生が　読(よ)みます。

動作物　動作動詞

（「ます」係「表示恭敬」的「助動詞」不能譯。）

(3) 第一次出現之句子 → 「 主語 が 述語 。」第二次以後出現同主語時它要變爲 「 題目語 は 述語 」。

習題

(1) 有香煙。 (煙草〔たばこ〕) ______________________

(2) 香煙在哪裏？ ______________________

(3) 香煙在桌子上面。 (上〔うえ〕) ______________________

(4) 有美麗的花。 ______________________

(5) 美麗的花在哪裏？ ______________________

(6) 美麗的花在花壇。 ______________________

(7) 有車子。 (車〔くるま〕) ______________________

(8) 車子在哪裏？ ______________________

(9) 車子在房屋前面。 (家〔いえ〕) ______________________

第十八課(だいじゅうはちか)　存在動詞「います」

学生(がくせい)が　います。

学生(がくせい)は　どこに　いますか。

学生(がくせい)は　運動場(うんどうじょう)に　います。

先生(せんせい)も　運動場(うんどうじょう)に　いますか。

いいえ、先生(せんせい)は　運動場(うんどうじょう)には　いません。

では、先生(せんせい)は　どこに　いますか。

先生(せんせい)は　事務室(じむしつ)に　います。

人(ひと)が　大勢(おおぜい)　います。

それ等(ら)の　人達(ひとたち)は　どこに　いますか。

駅(えき)の　中(なか)に　います。

男(おとこ)も　います。　女(おんな)も　います。

大人(おとな)も　います。　子供(こども)も　います。

男(おとこ)も女(おんな)も大人(おとな)も子供(こども)も　います。

課文中譯

有學生
學生在哪裏？
學生在體育場。
老師也在體育場嗎？
不！老師不在體育場。
那麼，老師在哪裏？
老師在辦公室。

有很多人。
那些人在哪裏？
在車站裏面。
有男人、也有女人。
也有大人、也有小孩。
男、女、大人、小孩都有。

簡單文法

(1) [非動物存在物] が [存在動詞 あり] ます。

[動物存在物] が [存在動詞 い] ます。

例： 木 が あります。

人(ひと) が います。

（有人）

(2) [場所] にいます。 ＝在 [場所]

[場所] にはいません。 ＝不在 [場所]

加強否定語句

例： 日曜日(にちようび)はうちにいます。 ＝禮拜天在家裏。

日曜日は会社(かいしゃ)にはいません。 ＝禮拜天不在公司。

(3) 相同情形時 [名詞] 可用，「[名] も [名] も [名]」列舉。

朝(あさ)も昼(ひる)も夜(よる)もうちにいます。 ＝早上、中午、晚上都在家。

田中(たなか)さんも山田(やまだ)さんも佐藤(さとう)さんも日本人(にほんじん)です。

＝田中先生、山田先生、佐藤先生都是日本人。

習題

(1) 有人。 ____________________

(2) 在哪裏？ ____________________

(3) 在窗戶旁邊。(側(そば)) ____________________

(4) 有狗。 ____________________

(5) 在哪裏？ ____________________

(6) 在大門前面。(門(もん)の前(まえ)) ____________________

(7) 有很多人。 ____________________

(8) 那些人在哪裏？ ____________________

(9) 在體育場。 ____________________

第十九課　～は～で、～です。

山田さんは日本人ですか。

はい、山田さんは日本人です。

あなたも日本人ですか。

いいえ、私は日本人ではありません。

それでは、あなたはどこの人ですか。

私は台湾人です。

黄さんは日本人ですか、台湾人ですか。

黄さんは日本人ではありません。彼は台湾人です。彼は台湾人で、学校の先生です。

陳さんはどうですか。

陳さんも台湾人で、学校の先生です。

蔡さんも台湾人です。しかし、彼女は

学校（がっこう）の先生（せんせい）ではありません。彼女（かのじょ）は会社員（かいしゃいん）です。

彼女（かのじょ）の会社（かいしゃ）は郊外（こうがい）にあります。

彼女（かのじょ）は昼間（ひるま）は会社（かいしゃ）にいます。

課文中譯

山田先生是日本人嗎？
是！山田先生是日本人。
你也是日本人嗎？
不，我不是日本人。
那麼，你是哪裏人？
我是台灣人。

黃先生是日本人，還是台灣人？
黃先生不是日本人，他是台灣人。
他是台灣人，且是學校的老師。

陳先生呢？
陳先生也是台灣人，
　且是學校的老師。
蔡小姐也是台灣人。
可是她不是學校的老師，
　她是公司職員。
她的公司在郊外。
她白天都在公司裏。

簡單文法

(1)　「名詞　は　名詞　です。」

　　　　　不能譯　　是

名詞　是　名詞

「名詞　は　名詞　です。名詞　は　名詞　です。」

上面兩句合併成為下面一句。

「名詞 は 名詞 で、 名詞 です。」

不能譯 是 是

(例)　今日は十九日です。今日は金曜日です。

今日は十九日で、金曜日です。

（今天是十九號，且是星期五。）

⑵　名詞 は 名詞 で は ありません。

不譯 是不譯 不

名詞 不是 名詞

⑶　人稱代名詞

	自　稱	對　稱	他　稱	不定稱
對長輩	わたくし わたし	稱呼姓加 さん おたく	あのかた このかた	どなた どのかた
對平輩	わたし ぼく （限男性）	あなた	かれ(他) かのじょ （她）	だれ
對晩輩	わし おれ （限男性）	おまえ	あいつ こいつ	どいつ

上列僅爲普遍使用者而已，尚有很多不及登載。

若有職稱，則稱職稱爲宜，如：先生（老師或醫生）、課長、社長、主任、おじさん、おばさん、おにいさん、おねえさん等。

⑷　しかし ＝ 可是

接續詞，表示「逆接」（接續詞，在第二句之前面以承接上句之意思。）

例： 品物（しなもの）はいいです。しかし、値段（ねだん）は高（たか）いです。

（東西好，可是價錢貴。）

日本語は難しいです。しかし、面白いです。

（日語很難，可是有趣味。）

それで ＝ 所以

仍爲接續詞，表示「順接」。

例： 品物がいいです。それで、高いです。

（東西好，所以價錢很貴。）

お金があります。それで、沢山（たくさん）買（か）います。

（有錢，所以要買很多。）

習題

⑴ 我是學生。____________________

⑵ 你是老師。____________________

⑶ 我是學生，而你是老師。____________________

⑷ 陳先生也是學生嗎？____________________

⑸ 是！他是中興大學之學生。____________________

⑹ 他是那一系的學生？（どの学部（がくぶ））____________________

⑺ 他是畜產系的學生。（畜産学部（ちくさんがくぶ））____________________

(8) 她也是畜產系的學生嗎？ ____________________

(9) 不！她是畜產研究所的學生。（大学院畜産科(だいがくいんちくさんか)の院生(いんせい)） ____________________

(10) 顏先生，你也是學生嗎？ ____________________

(11) 不！我是高中的老師。（高校(こうこう)の先生(せんせい)） ____________________

(12) 你的學校在哪裏？ ____________________

(13) 我的學校在霧峯。 ____________________

(14) 高木先生是日本人還是台灣人？ ____________________

(15) 高木先生是日本人，且是日語的老師。 ____________________

(16) 他是哪一所學校的日語老師？（どの学校(がっこう)） ____________________

(17) 他不是學校的老師。他是補習班的日語老師。（塾(じゅく)） ____________________

(18) 他的補習班在哪裏？ ____________________

(19) 他的補習班在車站前面。（駅前(えきまえ)） ____________________

(20) 黃小姐呢？ ____________________

(21) 黃小姐是台灣人，且是公司的會計。（会計(かいけい)） ____________________

(22) 你白天在哪裏？ ______________________________

(23) 我白天都在學校。 ____________________________

(24) 你姐姐也白天在學校嗎？（お姉さん） ____________

(25) 不！我姐姐整天都在家裏。（一日中＝整天） ________

第二十課　「形容詞」之連接

林さんの　うちは　新しいです。
林さんの　うちは　大きいです。
林さんの　うちは　新しくて大きいです。

頼さんの　うちは　古いです。
頼さんの　うちは　小さいです。
頼さんの　うちは　古くて小さいです。

林さんの　うちは　小さくないです。
頼さんの　うちは　大きくないです。

日本の　林檎は　大きいです。
そして、おいしいです。
日本の　林檎は　大きくて　おいしいです。

課文中譯

林先生的房子新。
林先生的房子大。
林先生的房子又新又大。

賴先生的房子舊。
賴先生的房子小。
賴先生的房子又舊又小。

林先生的房子不小。
賴先生的房子不大。

日本的蘋果大。
而且，又好吃。
日本的蘋果又大又好吃。

簡單文法

(1) 形容詞 て 形容詞／形容動詞

新しい。　大きい。
↓
く　て大きいです。

接續助詞，作「而」譯。

「形容詞」之語尾「い」變爲「く」時有兩個用法。

①「形容詞」接 {「形容詞」／「形容動詞」}

②「形容詞」之否定形。

例：安(やす)い　おいしい。

①安くておいしい。　(又便宜又好吃。)

②安くない。　(不便宜。)

(2)「そして」爲「接續詞」作「而且」譯。

例：この林檎は大きい。そして、おいしい。

（用「接續詞」「そして」連接兩個句子）

この林檎は大きくておいしい。

（用「接續助詞」「て」連接上下子句。）

習題

(1) 這雙鞋又新又好看。（綺麗です）＿＿＿＿＿＿＿＿

(2) 台北又大又熱鬧。（賑（にぎ）やかだ）＿＿＿＿＿＿＿＿

(3) 這朵花又紅又大。＿＿＿＿＿＿＿＿

(4) 這頂帽子又舊又不好看。（穢（きたな）い）＿＿＿＿＿＿＿＿

(5) 他的手臂又粗又短。（太（ふと）い）＿＿＿＿＿＿＿＿

(6) 今天不熱。＿＿＿＿＿＿＿＿

(7) 今天不冷。＿＿＿＿＿＿＿＿

第二十一課(だいにじゅういっか)　「形容動詞(けいようどうし)」之連接

加藤(かとう)さんの　うちは　綺麗(きれい)です。

加藤(かとう)さんの　うちは　広(ひろ)いです。

加藤(かとう)さんの　うちは　綺麗(きれい)で　広(ひろ)いです。

太田(おおた)さんの　靴(くつ)は　丈夫(じょうぶ)です。

太田(おおた)さんの　靴(くつ)は　立派(りっぱ)です。

太田(おおた)さんの　靴(くつ)は　丈夫(じょうぶ)で　立派(りっぱ)です。

小野(おの)さんは　贅沢(ぜいたく)です。

小野(おの)さんは　見栄坊(みえぼう)です。

小野(おの)さんは　贅沢(ぜいたく)で見栄坊(みえぼう)です。

石田先生(いしだせんせい)は　質素(しっそ)です。

石田先生(いしだせんせい)は　正直(しょうじき)です。

石田先生(いしだせんせい)は　質素(しっそ)で　正直(しょうじき)です。

課文中譯

加藤先生的房子漂亮。
加藤先生的房子廣闊。
加藤先生的房子又漂亮又廣闊。

小野先生很奢侈。
小野先生愛慕虛榮。
小野先生又奢侈又愛慕虛榮。

太田先生的皮鞋堅固。
太田先生的皮鞋很高雅。
太田先生的皮鞋又堅固又高雅。

石田老師很樸素。
石田老師很老實。
石田老師又樸素又老實。

簡單文法

⑴

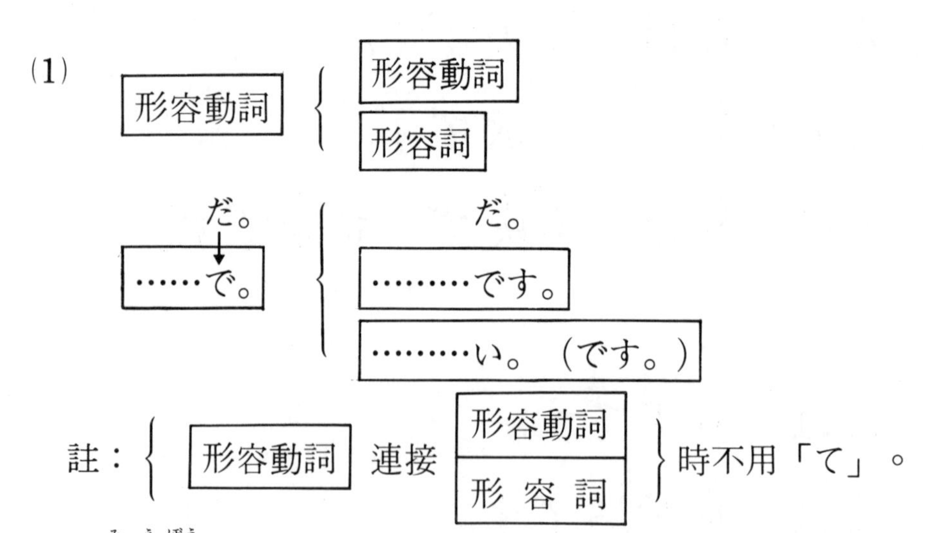

⑵ 見栄坊（みえぼう） ＝ 愛好虛榮的人

……坊 ＝ …………（性質）的人。

例： **朝寝坊**（あさねぼう）（早上起晚的人）

食いしん坊（くいしんぼう）（好吃的人）

忘れん坊（わすれんぼう）（健忘的人）

甘えん坊（あまえんぼう）（好撒嬌的人）

けちん坊（けちんぼう）（吝嗇的人）

習題

(1) 顏老師又認眞又老實。(真面目（まじめ）だ) ____________________

(2) 台北又熱鬧又大。____________________

(3) 義大利製之皮鞋又堅固又高雅。(イタリア製（せい）) ____________

(4) 台灣溫暖而物產豐富。(暖（あたた）かだ)(物（もの）が豊富（ほうふ）だ) ____________

____

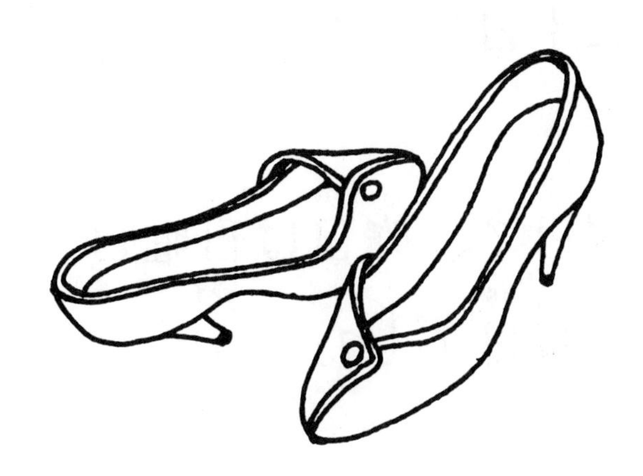

第二十二課(だいにじゅうにか)　過去(かこ)の言(い)い方(かた)(1)

今日(きょう)は月曜日(げつようび)です。

昨日(きのう)は日曜日(にちようび)でした。

一昨日(おととい)は土曜日(どようび)でした。

□ 1992 □

JUNE						六月
日 SUN	一 MON	二 TUE	三 WED	四 THU	五 FRI	六 SAT
	1 廿四	2 廿五	3 廿六	4 廿七	5 廿八	6 廿九
7 七月	8 立秋	9 初三	10 初四	11 初五	12 初六	13 初七
14 初八	15 初九	16 初十	17 十一	18 十二	19 十三	20 十四
21 十五	22 十六	23 處暑	24 十八	25 十九	26 二十	27 廿一
28 廿二	29 廿三	30 廿四				

今日(きょう)は二十二日(にじゅうににち)です。

昨日(きのう)は二十一日(にじゅういちにち)でした。

一昨日(おととい)は二十日(はつか)でした。

今日(きょう)は月曜日(げつようび)で、昨日(きのう)は日曜日(にちようび)で、

一昨日(おととい)は土曜日(どようび)でした。

一昨日(おととい)は二十日(はつか)で、昨日(きのう)は二十一日(にじゅういちにち)で、

今日(きょう)は二十二日(にじゅうににち)です。

今月(こんげつ)は六月(ろくがつ)です。

先月（せんげつ）は五月（ごがつ）でした。
今月（こんげつ）は六月（ろくがつ）で、先月（せんげつ）は五月（ごがつ）でした。

月曜日（げつようび）・火曜日（かようび）・水曜日（すいようび）・木曜日（もくようび）・
金曜日（きんようび）・土曜日（どようび）・日曜日（にちようび）

この前（まえ）の月曜日（げつようび）は何日（なんにち）でしたか。
この前（まえ）の月曜日（げつようび）は十五日（じゅうごにち）でした。
この次（つぎ）の月曜日（げつようび）は何日（なんにち）ですか。
この次（つぎ）の月曜日（げつようび）は二十九日（にじゅうくにち）です。
月曜日（げつようび）の次（つぎ）は火曜日（かようび）で、月曜日（げつようび）の前（まえ）は日曜日（にちようび）です。

課文中譯

今天是星期一。
昨天是星期日。
前天是星期六。

今天是二十二號。
昨天是二十一號。
前天是二十號。

今天是星期一，
昨天是星期日，
前天是星期六。

前天是二十號，
昨天是二十一號，
今天是二十二號。

這個月是六月。
上個月是五月。
這個月是六月，
上個月是五月。

星期一・星期二・星期三・星期四・星期五・星期六・
星期日。

上一次的禮拜一是幾號？
上一次的禮拜一是十五號。
下一次的禮拜一是幾號？
下一次的禮拜一是二十九號。

禮拜一的下一天是禮拜二，
而禮拜一的前一天是禮拜天。

簡單文法

(1) 名詞 です。　「です」係「表示斷定」之「助動詞」。
(是 名詞)　接在名詞之下，譯爲「是」。

学生(がくせい)です。　学生でした。
(是學生)　(是學生。)
{ ①我過去是學生。
②昨天那一位是學生。

黄(こう)です。　黄さんでした。
(是姓黄。)
{ ①昨天那一位是黄先生。

日本人(にほんじん)です。　日本人でした。
(是日本人。)
{ ①昨天那一位是日本人。

(2) 形容詞 です。　「です」接在「形容詞」之下，只表示「恭敬」，不能譯爲「是」。
(形容詞)

(a) 今日は暑(あつ)い。　(今天很熱。)………常體
(b) 今日は暑(あつ)いです。(今天很熱。)………敬體

(a) 與(b) 之中文翻譯相同。

(c) 昨日は暑かったです。(昨天很熱。)

(3)

形容動詞	
です	……………………敬體
だ	……………………常體

花(はな)は綺麗(きれい) です。／だ。／でした。

(花漂亮。)

「形容動詞」之末尾之「です」並非助動詞，而係「形容動詞」本身之語尾。故亦不能以「是」譯。常體之語尾係「だ」。

台北(たいほく)は 賑(にぎ)やか です。／だ。／でした。(看完台北，回家之後說。)

(台北很熱鬧。)

習題

(1) 昨天是一號。______________________________

(2) 前天是三十一號。__________________________

(3) 昨天是一號，前天是三十一號。______________

(4) 今天是星期六。____________________________

(5) 昨天是星期五。____________________________

⑹ 昨天是星期五，今天是星期六。＿＿＿＿＿＿＿＿＿＿

⑺ 我姓陳。＿＿＿＿＿＿＿＿＿＿＿＿＿＿＿＿＿＿＿＿

⑻ 他是日本人。（彼（かれ））＿＿＿＿＿＿＿＿＿＿＿＿＿＿

⑼ 今天很冷。（寒（さむ）い）＿＿＿＿＿＿＿＿＿＿＿＿＿＿

⑽ 今天很熱鬧。＿＿＿＿＿＿＿＿＿＿＿＿＿＿＿＿＿＿

第二十三課(だいにじゅうさんか)　過去(かこ)の言(い)い方(かた)(2)

今日(きょう)は暑(あつ)いです。

昨日(きのう)も暑(あつ)かったです。

一昨日(おととい)も涼(すず)しくなかったです。

昨日(きのう)も一昨日(おととい)も暑(あつ)かったです。

昨日(きのう)も一昨日(おととい)も涼(すず)しくなかったです。

今日(きょう)は　忙(いそが)しいです。

昨日(きのう)も　忙(いそが)しかったです。

一昨日(おととい)も　暇(ひま)ではなかったです。

昨日(きのう)も　一昨日(おととい)も　暇(ひま)ではありませんでした。

私(わたし)は　会社員(かいしゃいん)です。

去年(きょねん)は　私(わたし)は　まだ学生(がくせい)でした。

去年(きょねん)は　私(わたし)は　会社員(かいしゃいん)ではなかったです。

去年(きょねん)は　私(わたし)は　会社員(かいしゃいん)ではありませんでした。

この林檎(りんご)は　おいしいです。
あの林檎(りんご)は　おいしくないです。
昨日(きのう)の　林檎(りんご)も　おいしくなかったです。
昨日(きのう)の　林檎(りんご)も　おいしくありませんでした。

課文中譯

今天很熱。
昨天也很熱。
前天也不涼快。

昨天和前天都很熱。
昨天和前天都不涼快。

今天很忙。
昨天也很忙。
前天也不是閒著。
昨天和前天都不是閒著。

我是公司職員。
去年我還只是一個學生。
去年我不是公司職員。
去年我不是公司職員。

這個蘋果好吃。
那個蘋果不好吃。
昨天的蘋果也不好吃。
昨天的蘋果也不好吃。

簡單文法

(1)　名詞 です。　＝ 是 名詞 。……….現在
名詞 でした。＝ 是 名詞 。……….過去「肯定」之說法

今日(きょう)は　二十九日(にじゅうくにち)です。　　(今天是二十九號)

昨日(きのう)は　二十八日(にじゅうはちにち)でした。　(昨天是二十八號)

[形容詞] です。　＝　[形容詞] …………現在

不能譯。只表示敬體。

[形容詞かっ] たです。　＝　[形容詞] …………過去

表示過去，不能譯。

今日は暑(あつ)い。　　　　(常體)　(今天很熱。)

今日は暑いです。　　　(敬體)　(今天很熱。)

昨日も暑かった。　　　(常體)　(昨天也很熱。)

昨日も暑かったです。(敬體)　(昨天也很熱。)

[形容動詞です]　　＝　[形容動詞]

[形容動詞でし] た。　＝　[形容動詞]

田舎(いなか)は静(しず)かです。　(鄉下很安靜。) …………現在

田舎は静かでした。(鄉下很安靜。) …………過去

(2)　「否定」之說法

[名詞] ではないです。　＝　不是 [名詞]

是　不

[名詞] ではありません。　＝　不是 [名詞]

是　　不

} …………現在

[名詞] ではなかった。(です。) ＝不是 [名詞]

[名詞] ではありませんでした。　＝不是 [名詞]

} ……過去

[形容詞く] (は) ないです。	＝不 [形容詞]	}	………現在
不譯			
[形容詞く] (は) ありません。	＝不 [形容詞]		
[形容詞く] (は) なかった。(です。)	＝不 [形容詞]	}	…過去
[形容詞く] (は) ありませんでした。	＝不 [形容詞]		
[形容動詞で] (は) ないです。	＝不 [形容動詞]	}	…現在
[形容動詞で] (は) ありません。	＝不 [形容動詞]		
[形容動詞で] (は) なかったです。	＝不 [形容動詞]	}	…過去
[形容動詞で] (は) ありませんでした。	＝不 [形容動詞]		

〔備註〕 [形容動詞] 之說法宛如 [名詞] 之說法。

不同之處是 [形容動詞] 之〔です〕〔でし〕〔で〕並非 [助動詞] ，而是它之語尾，故不能以「是」來翻譯。

習題

(1) 這本書是日語的書。＿＿＿＿＿＿＿＿＿＿

(2) 那本書不是日語的書。＿＿＿＿＿＿＿＿＿＿

(3) 昨天不是一號（一日（ついたち））＿＿＿＿＿＿＿＿＿＿

(4) 昨天是三十一號（三十一日（さんじゅういちにち））＿＿＿＿＿＿＿＿＿＿

(5) 高雄很大。（高雄（たかお））＿＿＿＿＿＿＿＿＿＿

(6) 埔里不大。(埔里)

(7) 昨天很涼快。

(8) 昨天不熱。

(9) 我小時候身體不健康。(小さい頃)(健康＝丈夫だ)

(10) 當時這裏並不熱鬧。(当時＝昔)

(11) 當時這裏很凄涼。(凄涼＝寂しい)

(12) 昨天的考試並不難。(難しい)

(13) 昨天的考試很簡單。(易しい)

第二十四課　……を下さい。

ここは　食堂です。

お客「今日は。」

店の人「いらっしゃいませ。」

お客「お手洗は　どこですか。」

店の人「左にあります。」

お客「よく分かりませんが、…」

店の人「あの青い戸です。」

お客「分かりました。」

お客「ビールを　下さい。」

店の人「はい、ちょっとお待ち下さい。」

お客「刺身を二人前下さい。」

お客「それから、野菜天婦羅を一人前下さい。」

店の人「お酒は　如何ですか。」

お客「お酒はいいです。ジュースを下さい。」

店の人「ジュースはオレンジにしますか、ばん柘榴(ざくろ)にしますか。」

お客(きゃく)「そうですね、オレンジにして下(くだ)さい。」

課文中譯

這裏是餐廳。
顧客:「你好！」
店員:「歡迎光臨。」
顧客:「請問，廁所在哪裏？」
店員:「在左邊。」
顧客:「我不太清楚。」
店員:「是那扇青色的門。」
顧客:「我知道了。」
顧客:「請給我啤酒。」
店員:「是！請稍等一下。」
顧客:「請給我生魚片兩人份！」
顧客:「還有，給我一人份的青菜炸的。」
店員:「要不要酒？」
顧客:「酒不要，請給我果汁。」
店員:「果汁要橘子的，還是芭樂？」
顧客:「嗯，請給我橘子的。」

簡單文法

(1)　「いらっしゃる」係

(a)　来(く)る（會來）
(b)　行(い)く（會去）
(c)　居(い)る（在）

之「尊敬語」

故「いらっしゃる」有上述三種意思。

「いらっしゃいます」係「いらっしゃる」之「敬體」，兩者意思相同。

「いらっしゃいませ。」則係「いらっしゃいます。」之命令形。

故作 { (a) 請您來！ (b) 請您去！ (c) 請您在！ } 解釋

惟市面上常用於(a) 之意思。並且顧客已來到店裡了，所以作「歡迎光臨」解釋。

(2) [名詞] を 下(くだ)さい。

‖

給我 [名詞] 吧！

可用於下述兩個場合。

(a) 在店裡購物時，則等於「我要買 [名詞] 」。

(b) 在其他場合時，則表示「請給我 [名詞] 罷！」亦即等於向人家要某東西。

(3) [動詞] て下(くだ)さい。

‖

請為我做 [動詞]

「お [動詞] 下(くだ)さい。」係「 [動詞] て下さい。」之恭敬之說法。

例： **入(はい)って下さい。＝お入(はい)り下さい。**

（請進來。）

立(た)って下さい。＝お立(た)ち下さい。

（請站起來。）

座(すわ)って下さい。＝お座(すわ)り下さい。

（請坐下。）

(4) ビール (beer) (啤酒)

ジュース (juice) (果汁)

オレンジ (orange) (橘子)

上列單語均爲來自英語之外來語。外來語若係於明治時代以後進入日本者，均用「片仮名(Kata ka na)」表示。早於此時代，已經進日本者，雖爲外來語亦有「漢字」之表示法。

如：煙草(たばこ) (原爲葡萄牙語tobacco) (香煙)

麥酒(びいる) (原爲英語beer 惟進入日本早，故亦可有漢字之表示法。)

習題

(1) 這裏是什麼地方？______

(2) 這裏是書店。______

(3) 「請給我這一本書。」(我要買這一本書) ______

(4) 「請給我這一支筆。」(我要買這一支筆) ______

(5) 「請給我這一本信紙。」(便箋(びんせん)) (レターペーパー) (letter paper)

______

(6) 「請給我這一瓶墨水。」(インキ) (ink)

______

(7) 「請給我這一本筆記簿。」(ノート) (note book)

____

(8) 這裏是咖啡室。（コーヒールーム或ティールーム）
(coffee room 或tea room)

____

(9) 「請給我一杯咖啡。」______________________________

(10) 「請給我一杯紅茶。」(紅茶(こうちゃ)) ______________________________

(11) 「請給我一杯果汁。」______________________________

(12) 「您要芭樂汁還是橘子汁？」______________________________

(13) 要不要威士忌酒？（ウイスキー）(whisky) ____________

(14) 要不要日本酒？（日本酒(にほんしゅ)）______________________________

だいにじゅうごか　かたかな
第二十五課　片仮名

阿	ア	ア	伊	イ	イ	宇	ウ	ウ
加	カ	カ	幾	キ	キ	久	ク	ク
散	サ	サ	之	シ	シ	須	ス	ス
多	タ	タ	千	チ	チ	州	ツ	ツ
奈	ナ	ナ	仁	ニ	ニ	奴	ヌ	ヌ
八	ハ	ハ	比	ヒ	ヒ	不	フ	フ
万	マ	マ	三	ミ	ミ	牟	ム	ム
也	ヤ	ヤ	伊	イ	イ	由	ユ	ユ
良	ラ	ラ	利	リ	リ	流	ル	ル
和	ワ	ワ	○			宇	ウ	ウ
ン	ン	ン						

(1)片假名之長音，以「ー」表示之，如ビール ノート、コーヒー、スーツ（suit）、コンクリート（concrete）、ボールペン（ball point pen）。

(2)片假名之拗音（ヤ、ユ、ヨ）字小一號而寫在下面。如ジュース（juice ）、シャツ（shirt）。

江	エ	エ	於	オ	オ
介	ケ	ケ	己	コ	コ
世	セ	セ	曽	ソ	ソ
天	テ	テ	止	ト	ト
禰	ネ	ネ	乃	ノ	ノ
部	ヘ	ヘ	保	ホ	ホ
女	メ	メ	毛	モ	モ
江	エ	エ	與	ヨ	ヨ
礼	レ	レ	呂	ロ	ロ
〇			乎	ヲ	ヲ

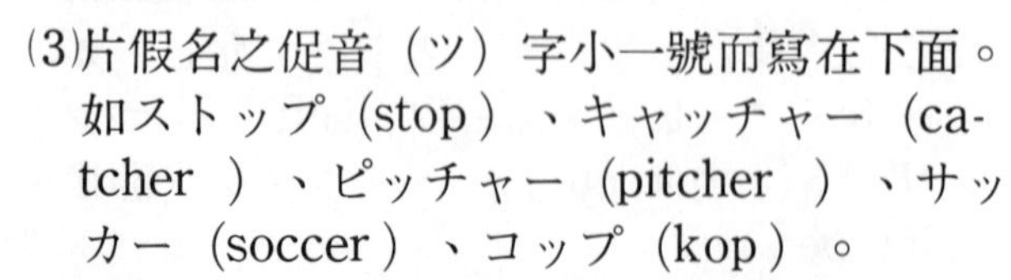

⑶片假名之促音（ツ）字小一號而寫在下面。如ストップ（stop）、キャッチャー（catcher）、ピッチャー（pitcher）、サッカー（soccer）、コップ（kop）。

⑷最後一行之「ワ行」，第二字與第四字已經廢止，故以「〇」表示已無此字。

第二十六課　外来語
だい に じゅうろっ か　がいらい ご

(1)　國名

アメリカ (America) (美國)	イギリス (English) (英國)	ドイツ (Germany) (德國)	イタリア (Italia) (義大利)
スペイン (Spain) (西班牙)	ポルトガル (Portugal) (葡萄牙)	オランダ (Holland) (荷蘭)	スイス (Swiss) (瑞士)
ロシヤ (Russia) (俄羅斯)	ノールウェー (Norway) (挪威)	オーストリヤ (Austria) (奧國)	オーストラリヤ (Australia) (澳洲)
カナダ (Canada) (加拿大)	メキシコ (Mexico) (墨西哥)	アルゼンチン (Argentina) (阿根廷)	ペルー (Peru) (秘魯)
ブラジル (Brazil) (巴西)	フィリピン (Philippine) (菲律賓)	パキスタン (Pakistan) (巴基斯坦)	モンゴル (Mongol) (蒙古)
イラク (Iraq) (伊拉克)	バングラディッシュ (Bungradish) (孟加拉)		

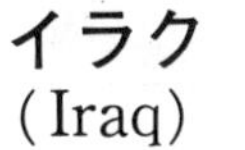

⑵ 物名

ペン
(pen)
(筆)

ボールペン
(ball point pen)
(原子筆)

ボール
(ball)
(球)

インキ
(ink)
(墨水)

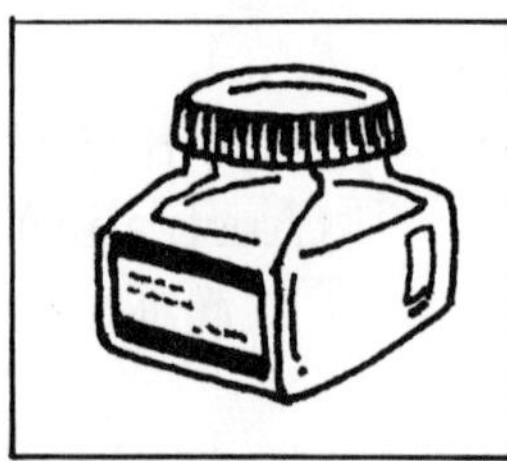

ペーパー
(paper)
(紙)

バイク
(bike)
(輕機車)

スプーン
(spoon)
(湯匙)

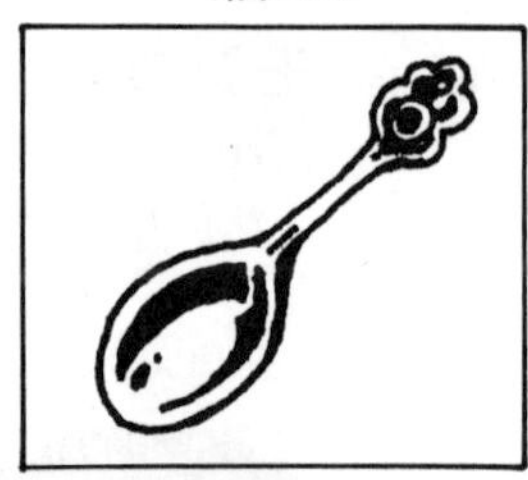

フォーク
(fork)
(刀叉)

ビール
(beer)
(啤酒)

ニュース
(news)
(新聞)

ビル
(building)
(高樓)

グラス
(glass)
(1. 玻璃杯　2. 眼　鏡)

ワープロ
(word processor)
(日文打字機)

プリント
(print)
(印刷品)

ソックス
(socks)
(短襪子)

バッジ
(badge)
(徽章)

スーツ
(suit)
(整套西裝)

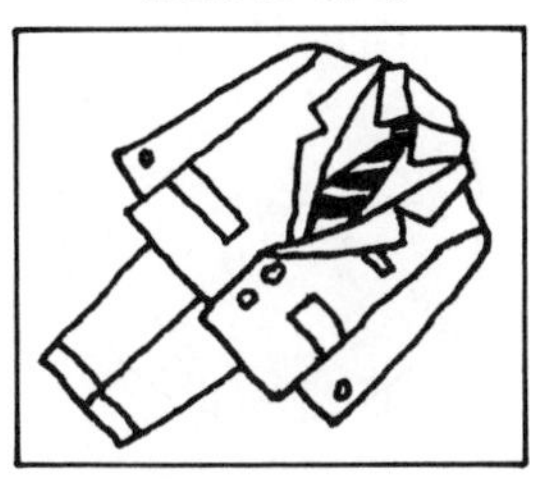

バス
(bus)
(大型客車)

デパート
(department store)
(百貨公司)

パスポート
(passport)
(護照)

スーパーマーケット
(supermarket)
(超級市場)

トラック
(truck)
(卡車)

タクシー
(taxi)
(計程車)

第二十七課　時間

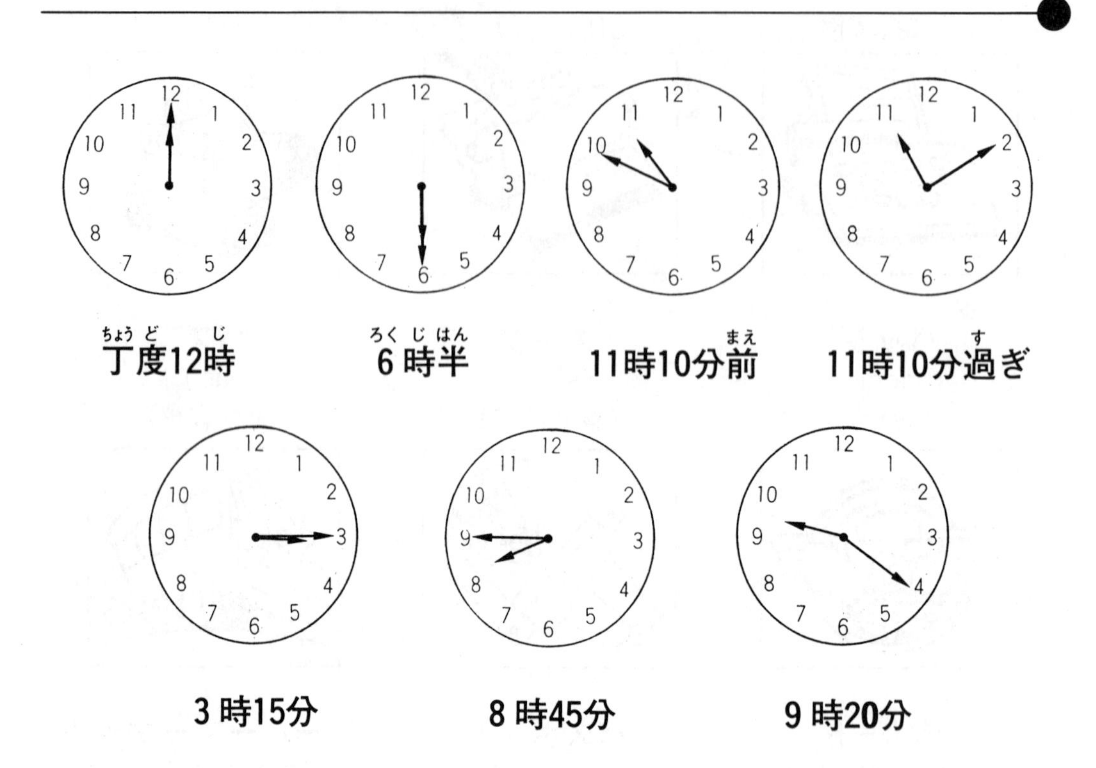

今何時ですか。

今丁度十二時です。

昼御飯の時間です。

もう　遅いです。寝ましょう。

今何時ですか。

今丁度六時半です。

帰(かえ)る時間(じかん)です。

もう、休(やす)みましょう。

今何時(いまなんじ)ですか。

今十一時十分前(いまじゅういちじじっぷんまえ)です。

お中(なか)が空(す)きましたね。

後一時間(あといちじかん)　頑張(がんば)りましょう。

あなたの時計(とけい)は　今何時(いまなんじ)ですか。

十一時十分(じゅういちじじっぷん)過(す)ぎです。

合(あ)っていますね。

いいえ、二分(にふん)ぐらい進(すす)んでいます。

課文中譯

現在幾點鐘？
現在剛好十二點。
是午飯的時間啦！
時候已不早啦！睡覺吧！

現在幾點鐘？
現在剛好六點半。
要回家的時間啦！
我們休憩吧！

現在是幾點鐘？
現在是差十分十一點。
肚子餓了！
再努力一小時吧！

你的錶現在是幾點鐘？
十一點過十分啦！
準吧？
不！大約快兩分鐘。

簡單文法

(1) 何時(なんじ)ですか。 (What time is it now?)

(是幾點鐘？)

何時間(なんじかん)ですか。 (How many hours?)

(是幾小時？)

何時(いつ)来ますか。 (When will you come?)

(你什麼時候要來？)

(2) 丁度(ちょうど) 「副詞」 exactly?just;at ……sharp

(剛好)

例： 丁度六時(ちょうどろくじ)に来(き)ました。 (I came just at six O'clock.)

(剛好六點鐘的時候來。)(I came at six O'clock sharp.)

(3) もう 「副詞」 already

(已經)

もう十二時(じゅうにじ)です。

(已經是十二點啦。)

もう遅(おそ)いです。

(已經太晚啦。)

(4) 休(やす)
- む ………常體
- みま
  - す。………敬體 （要休息。）
  - しょう。………敬體（我們休息罷！）

(5) 空(す)
- く ………常體
- きま
  - す。………敬體 （會空下來；會肚子餓。）
  - した。………敬體（已經肚子餓了。）

(6) 頑張(がんば)
- る ………常體
- りま
  - す。………敬體 （要奮鬥。）
  - しょう。………敬體（我們奮鬥罷！）

(7) 合(あ)
- う
- います ………會準，會相符。
- っています。………（現在）準，相符。

(8) 進(すす)
- む ………常體
- みます………敬體 會快，要前進。
- んでいます。………敬體（(現在）快，有進展。）

習題

(1) 現在是幾點鐘？________________

(2) 現在是九點過五分。________________

(3) 現在是十點過十分。________________

(4) 現在剛好是十一點半。＿＿＿＿＿＿＿＿＿＿＿＿

(5) 肚子餓了。＿＿＿＿＿＿＿＿＿＿＿＿

(6) 還有三十分鐘。＿＿＿＿＿＿＿＿＿＿＿＿

(7) 已經太晚了。＿＿＿＿＿＿＿＿＿＿＿＿

(8) 已經黑暗了。(暗(くら)い) ＿＿＿＿＿＿＿＿＿＿＿＿

(9) 你的錶現在幾點鐘？＿＿＿＿＿＿＿＿＿＿＿＿

(10) 我的錶現在是六點鐘。＿＿＿＿＿＿＿＿＿＿＿＿

(11) 準嗎？＿＿＿＿＿＿＿＿＿＿＿＿

(12) 休息罷！＿＿＿＿＿＿＿＿＿＿＿＿

(13) 已經完畢了。(終(おわ)る) ＿＿＿＿＿＿＿＿＿＿＿＿

(14) 再做一小時罷！＿＿＿＿＿＿＿＿＿＿＿＿

(15) 你的錶快幾分？(何分(なんぷん))＿＿＿＿＿＿＿＿＿＿＿＿

(16) 我的錶沒快。＿＿＿＿＿＿＿＿＿＿＿＿

(17) 我的錶慢兩分鐘。(遅(おく)れています) ＿＿＿＿＿＿＿＿＿＿＿＿

【綜合習題】(17課～26課)

(1) ＿＿＿ が　あります。

(2) ＿＿＿ は ＿＿＿ に　ありますか。

(3) ＿＿＿ は
＿＿＿ の 前(まえ)に　あります。
＿＿＿ の 上に　あります。
＿＿＿ の 中(なか)に　あります。
＿＿＿ の 側(そば)に　あります。
＿＿＿ の 左(ひだり)に　あります。
＿＿＿ の 右(みぎ)に　あります。

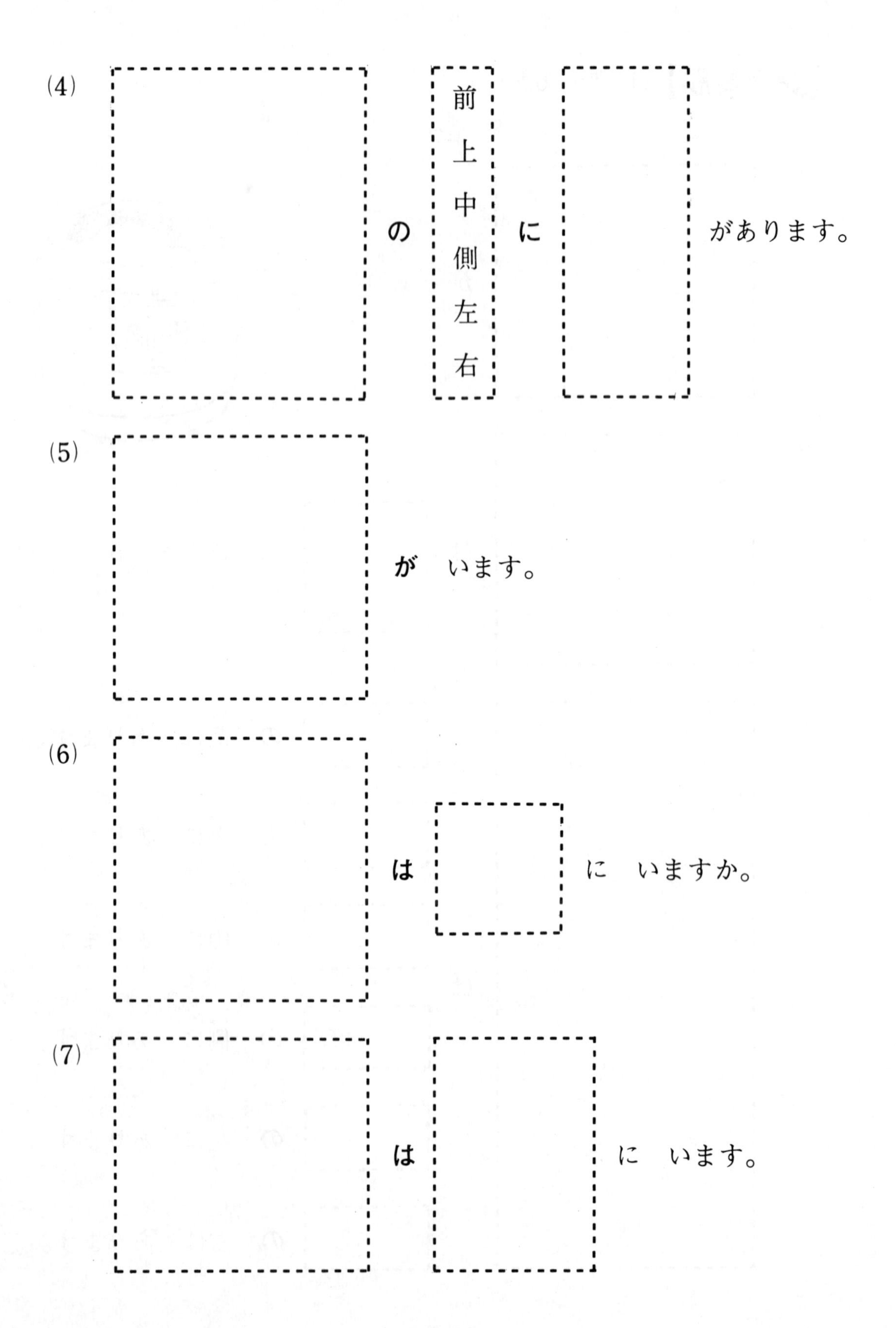
(4)
の
前
上
中
側
左
右
に
があります。
(5)
が　います。
(6)
は
に　いますか。
(7)
は
に　います。

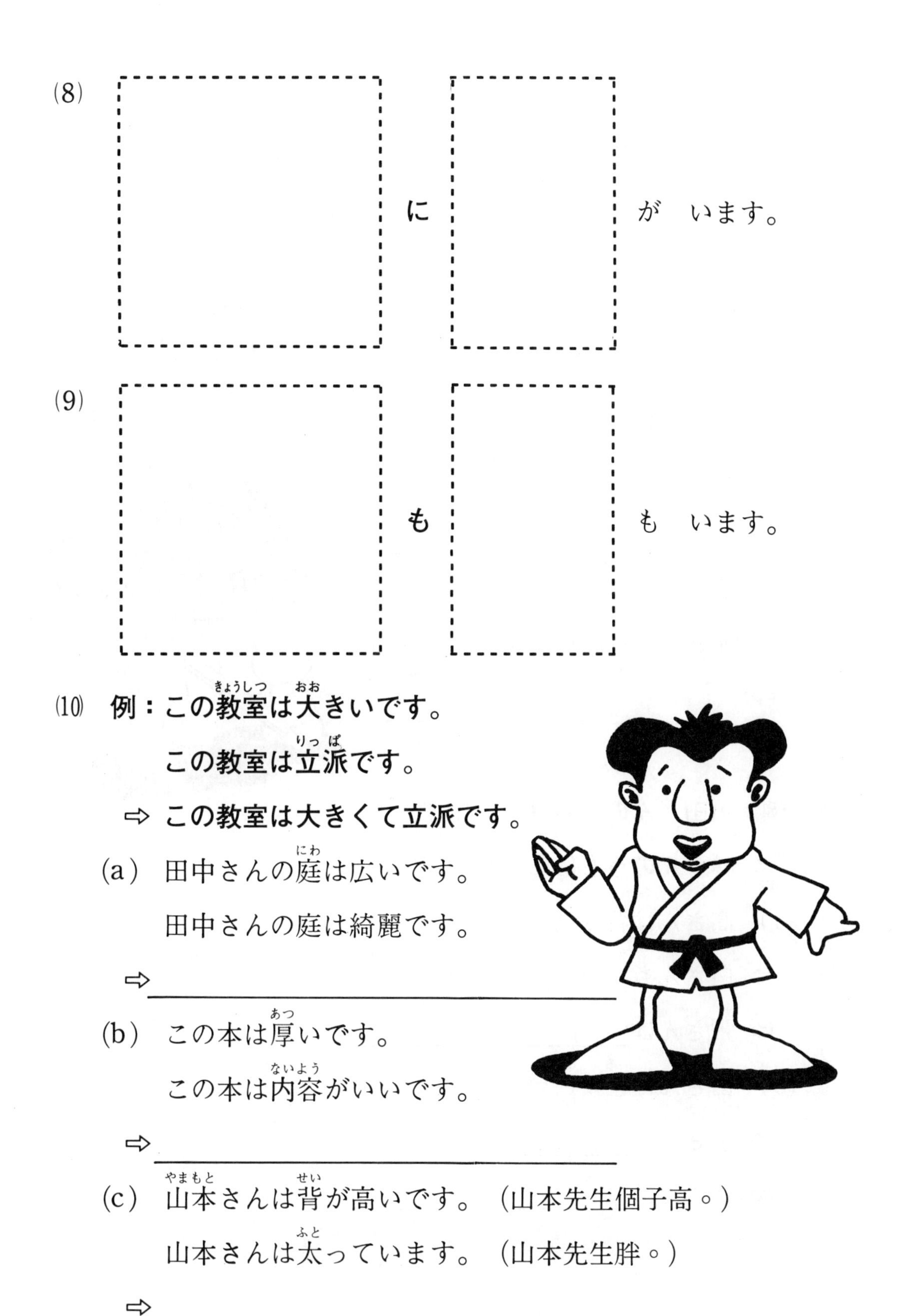

(8) に　　が　います。

(9) も　　も　います。

(10) **例：この教室（きょうしつ）は大（おお）きいです。**

この教室は立派（りっぱ）です。

⇨ この教室は大きくて立派です。

(a) 田中さんの庭（にわ）は広いです。

田中さんの庭は綺麗です。

⇨ ______________________

(b) この本は厚（あつ）いです。

この本は内容（ないよう）がいいです。

⇨ ______________________

(c) 山本（やまもと）さんは背（せい）が高いです。（山本先生個子高。）

山本さんは太（ふと）っています。（山本先生胖。）

⇨ ______________________

(11) **例：山の上は静(しず)かです。**

山の上は綺麗です。

⇨ **山の上は静かで、綺麗です。**

(a) 林さんは体(からだ)が丈夫(じょうぶ)です。

林さんは頭がいいです。

⇨ ______________________________

(b) 日本の林檎(りんご)は色(いろ)が綺麗(きれい)です。

日本の林檎はおいしいです。

⇨ ______________________________

(c) 陳(ちん)さんは正直(しょうじき)です。

陳さんは真面目(まじめ)です。

⇨ ______________________________

(12) **例：山田さんのうちは広いです。**

⇨ **林さんのうちは広くないです。**

(a) 高さんは背が高いです。

⇨ 白(はく)さんも ______________________。

⇨ 張さんは ______________________。

(b) 白さんは色(いろ)が白(しろ)いです。

⇨ 張さんも ______________________。

⇨ 林さんは ______________________。

(c)　日本は物（もの）が高いです。

⇨ 台湾も＿＿＿＿＿＿＿＿＿＿＿＿。

⇨ 南（みなみ）の国（くに）は＿＿＿＿＿＿＿＿＿＿＿＿。

(13)　**例：山の上は静かです。**

⇨ 町は静かではないです。

(a)　南の国は食べ物が豊富（ほうふ）です。

⇨ 台湾も＿＿＿＿＿＿＿＿＿＿＿＿。

⇨ ロシヤは＿＿＿＿＿＿＿＿＿＿＿＿。

(Russia)

(b)　南の国は暖（あたた）かです。

⇨ 台湾も＿＿＿＿＿＿＿＿＿＿＿＿。

⇨ ロシヤは＿＿＿＿＿＿＿＿＿＿＿＿。

(c)　日本料理（りょうり）は色（いろ）が綺麗です。

⇨ 台湾料理は＿＿＿＿＿＿＿＿＿＿＿＿。

(14)　(a)　今日（きょう）は日曜日です。

⇨ 昨日（きのう）は＿＿＿＿＿＿＿＿＿＿＿＿。

(b)　今日は十二日（じゅうににち）です。

⇨ 昨日は＿＿＿＿＿＿＿＿＿＿＿＿。

(c)　今年（ことし）は西暦一九九二年（せいれきせんきゅうひゃくきゅうじゅうにねん）です。

⇨ 去年（きょねん）は西暦一九＿＿＿＿＿＿＿＿＿＿＿＿。

(d)　今日は暑いです。

⇨ 昨日も＿＿＿＿＿＿＿＿＿＿＿＿。

⇨ 一昨日（おととい）も涼し＿＿＿＿＿＿＿＿＿＿＿＿。

⒂ **例：私は子供の頃(ころ)、体が丈夫(じょうぶ)でした。**

今は丈夫ではないです。

三十歳の頃(ころ)も丈夫ではなかったです。

(a) 今(いま)ここは大変賑(にぎ)やかです。

⇨ 昔(むかし)はこんなに ______________________________ 。

這麼

(b) 今日は暖かです。

⇨ 昨日は ______________________________ 。

(c) 彼女(かのじょ)は大変綺麗です。

⇨ 子供の頃はこんなに ______________________________ 。

(d) 彼は今大変日本語が上手です。

⇨ 学生時代(がくせいじだい)はこんなに ______________________________ 。

⒃ **例：すしを二人前下(ににんまえくだ)さい。**

[ ] を [ ] 下さい。

⒄ **例：ジュースはオレンジにしますか、蕃柘榴にしますか。**

＝ジュースはオレンジと蕃柘榴とどちらがいいですか。

(a) 酒、ウイスキー、日本酒、紹興酒。

(b) 食事、御飯、そば、すし。

(c) お茶、紅茶、烏龍茶、緑茶。

(d) 旅行、東京、京都、九州。

⒅ (a) 何時に起こしますか。（幾點鐘叫醒？）

＿＿＿＿＿＿に起こして下さい。

六點

(b) 何時にうちを出ますか。（幾點鐘出門？）

＿＿＿＿＿＿にうちを出ます。

七點

(c) 何時に昼御飯を食べますか。

＿＿＿＿＿＿＿＿に昼御飯を食べます。

十二點十分

(d) 何時に学校が終わりますか。

＿＿＿＿＿＿＿＿＿＿に学校が終わります。（午后、午前）

下午三點三十分

(e) 何時に学校へ行きますか。

＿＿＿＿＿＿＿＿に学校へ行きます。

八點十分

(f) 何時にうちへ帰りますか。

______うちへ帰ります。
下午五點

(g) 何時に寝ますか。

______に寝ます。
十一點半

(19) 次の時計の時間を言って御覧なさい。

______ ______ ______ ______

______ ______ ______ ______

第二十八課(だいにじゅうはちか)　曜日及び日日(ようびおよびひにち)

今日(きょう)は何日(なんにち)ですか。

今日(きょう)は十三日(じゅうさんにち)です。

今日(きょう)は何月何日(なんがつなんにち)ですか。

今日(きょう)は七月十三日(しちがつじゅうさんにち)です。

今日(きょう)は何曜日(なにようび)ですか。

今日(きょう)は月曜日(げつようび)です。

今日(きょう)は何月何日(なんがつなんにち)で何曜日(なにようび)ですか。

今日(きょう)は七月十三日(しちがつじゅうさんにち)で月曜日(げつようび)です。

□ 1992 □

JULY 七月

日 SUN	一 MON	二 TUE	三 WED	四 THU	五 FRI	六 SAT
			1	2	3	4
5	6	7	8	9	10	11
12	13	14	15	16	17	18
19	20	21	22	23	24	25
26	27	28	29	30	31	

昨日(きのう)は何日(なんにち)でしたか。

昨日(きのう)は十二日(じゅうににち)でした。

昨日(きのう)は何曜日(なにようび)でしたか。

昨日(きのう)は日曜日(にちようび)でした。

昨日(きのう)は何月何日(なんがつなんにち)で何曜日(なにようび)でしたか。

昨日(きのう)は七月十二日(しちがつじゅうににち)で日曜日(にちようび)でした。

明日は何月何日で何曜日ですか。

明日は七月十四日で火曜日です。

一日から三十一日まで数えてみましょう。

一日・二日・三日・四日・五日・六日・
七日・八日・九日・十日・十一日・十二日・
十三日・十四日・十五日・十六日・十七日・
十八日・十九日・二十日・二十一日・
二十二日・二十三日・二十四日・二十五日・
二十六日・二十七日・二十八日・二十九日・
三十日・三十一日

月曜日から日曜日まで言ってみなさい。

月曜日・火曜日・水曜日・木曜日・金曜日・
土曜日・日曜日。

一週間は何日ですか。

一週間は七日です。

課文中譯

今天是幾號？
今天是十三號。
今天是幾月幾號？
今天是七月十三號。
今天是{星期／禮拜}幾？
今天是禮拜一。
今天是幾月幾號，禮拜幾？
今天是七月十三號，禮拜一。

昨天是幾號？
昨天是十二號。
昨天是禮拜幾？
昨天是禮拜天。
昨天是幾月幾號，禮拜幾？
昨天是七月十二號，禮拜天。

明天是幾月幾號，禮拜幾？
明天是七月十四號，禮拜二。

我們從一號數到三十一號看看！

一號•二號•三號•四號•
五號•六號•七號•八號•
九號•十號•十一號•
十二號•十三號•十四號•
十五號•十六號•十七號•
十八號•十九號•二十號•
二十一號•二十二號•
二十三號　二十四號•
二十五號•二十六號•
二十七號•二十八號•
二十九號•三十號•
三十一號。

從禮拜一數到禮拜天看看！
禮拜一•禮拜二•禮拜三•
禮拜四•禮拜五•禮拜六•
禮拜天。

一個禮拜是幾天？
一個禮拜是七天。

注意

(1)　「何日（なんにち）」有兩個意思。

(a)　幾號？

(b)　幾天？

例：今日は何日ですか。（今天是幾號？）

何日（なんにち）（間（かん））旅行（りょこう）しますか。（要旅行幾天？）

(2) 除「一日（ついたち）」（一號）之外，其他之日期都有兩種意思。

如： 二日（ふつか）　三日（みっか）　四日（よっか）

（二號、兩天）（三號、三天）（四號、四天）

依此類推。

習題

(1) 今天是幾號？________________

(2) 今天是禮拜幾？________________

(3) 今天是幾號而是禮拜幾？________________

(4) 昨天是幾號而是禮拜幾？________________

(5) 今天是禮拜三，而明天是禮拜四。________________

(6) 今天是十五號，而昨天是十四號。________________

第二十九課(だいにじゅうきゅうか)　今月(こんげつ)・来月(らいげつ)

今月(こんげつ)は何月(なんがつ)ですか。

今月(こんげつ)は七月(しちがつ)です。

先月(せんげつ)は何月(なんがつ)でしたか。

先月(せんげつ)は六月(ろくがつ)でした。

来月(らいげつ)は何月(なんがつ)ですか。

来月(らいげつ)は八月(はちがつ)です。

一年(いちねん)は何(なん)か月(げつ)ですか。

一年(いちねん)は十二(じゅうに)か月(げつ)です。

一(ひと)つの季節(きせつ)は何(なん)か月(げつ)ですか。

一(ひと)つの季節(きせつ)は三(さん)か月(げつ)です。

三月(さんがつ)と四月(しがつ)と五月(ごがつ)は春(はる)です。春(はる)は暖(あたた)かです。

六月(ろくがつ)と七月(しちがつ)と八月(はちがつ)は夏(なつ)です。夏(なつ)は暑(あつ)いです。

九月(くがつ)と十月(じゅうがつ)と十一月(じゅういちがつ)は秋(あき)です。秋(あき)は涼(すず)しいです。

十二月(じゅうにがつ)と一月(いちがつ)と二月(にがつ)は冬(ふゆ)です。冬(ふゆ)は寒(さむ)いです。

一年(いちねん)の中(うち)で一番暑(いちばんあつ)い月(つき)は何月(なんがつ)ですか。

一年(いちねん)の中(うち)で一番暑(いちばんあつ)い月(つき)は七月(しちがつ)です。

一年(いちねん)の中(うち)で一番寒(いちばんさむ)い月(つき)は何月(なんがつ)ですか。

一年(いちねん)の中(うち)で一番寒(いちばんさむ)い月(つき)は二月(にがつ)です。

部屋代(へやだい)は一(いっ)か月(げつ)幾(いく)らですか。

部屋代(へやだい)は一(いっ)か月(げつ)五千円(ごせんえん)です。

課文中譯

這個月是幾月？
這個月是七月。
上個月是幾月？
上個月是六月。
下個月是幾月？
下個月是八月。

一年是幾個月？
一年是十二個月。
一個季節是幾個月？
一個季節是三個月。
三月和四月和五月是春季。
春季氣候溫暖。
六月和七月和八月是夏季。
夏季氣候很熱。
九月和十月和十一月是秋季。
秋季氣候涼快。
十二月和一月和二月是冬季。
冬季氣候寒冷。

在一年當中，最熱的一個月是幾月？
在一年當中，最熱的一個月是七月。
在一年當中，最冷的一個月是幾月？
在一年當中，最冷的一個月是二月。
房租一個月是多少錢？
房租一個月是五千元。

簡單文法

(1)　………の中で　(亦可說「………の中で」)

(在………當中)　(在三個以上事物當中)

Among ………

果物の中で林檎が一番好きです。

(在水果當中，最喜歡蘋果。)

運動の中で水泳が一番好きです。

(在運動當中，最喜歡游泳。)

皆さんの中で、誰が一番お金を持っていますか。

(你們當中，誰最有錢？)

(Who has the most money among you?)

(2)　「………代」

(………費)

任何一項費用，均以「………代」講。

例：　**本代は五百円です。**

(書款是五百元。)

バス代は一日百二十円ぐらいです。

(公車費一天大約一百二十元。)

食事代は一か月五千円ぐらいです。

(伙食費一個月大約是五千元。)

習題

(1) 這個月是幾月？ ________________________

(2) 下個月是幾月？ ________________________

(3) 今天很熱。 ________________________

(4) 今天很冷。 ________________________

(5) 電燈費一個月大約多少錢？（電気代） ________________

(6) 電影票價是多少錢？（映画代） ________________

(7) 食物當中你最喜歡什麼？（食べ物） ________________

(8) 運動當中你最拿手的是什麼？（上手だ・上手なのは）

____

第三十課（だいさんじゅっか）　あいさつ（打招呼）

黄（こう）「お早（はよ）うございます。」

張（ちょう）「お早（はよ）うございます。」

黄（こう）「会社（かいしゃ）へ行（い）きますか。」

張（ちょう）「はい、今（いま）から会社（かいしゃ）へ行（い）きます。」

黄（こう）「会社（かいしゃ）はどこにありますか。」

張（ちょう）「会社（かいしゃ）は三重市（さんじゅうし）にあります。ここからバスで半時間（はんじかん）ぐらいの所（ところ）です。」

黄（こう）「そうですか。行（い）っていらっしゃい。」

張（ちょう）「では、失礼（しつれい）します。」

トム「今日（こんにち）は、お元気（げんき）ですか。」

田中（たなか）「はい、有難（ありがと）うございます。元気（げんき）です。」

トム「今日（きょう）も学校（がっこう）へ行（い）きますか。」

田中（たなか）「いいえ、今日（きょう）は学校（がっこう）ではありません。ちょっと銀行（ぎんこう）へ行（い）って来（き）ます。」

トム「そうですか。銀行(ぎんこう)はどの辺(へん)にありますか。」

田中(たなか)「遠東(えんとう)デパートの近(ちか)くにあります。歩(ある)いて二十分(にじっぷん)ぐらいかかります。」

ジョン「今晩(こんばん)は、先生(せんせい)はいつもお早(はや)いですね。」

先生(せんせい)「はい、いつも早目(はやめ)に来(き)ます。ジョンさんは日本語(にほんご)が上手(じょうず)になりましたね。」

ジョン「いいえ、まだ上手(じょうず)ではありません。日本語(にほんご)は難(むずか)しいです。よろしくお願(ねが)いします。」

先生(せんせい)「頑張(がんば)って下さい。」

課文中譯

黄「早安！」
張「早安！」
黄「你要去公司嗎？」
張「是的，現在要去公司。」
黄「公司在哪裏？」
張「公司在三重市。從這裏搭公車大約半小時的地方。」

黃「是嗎？請慢走。」
張「那麼，失陪了。」

湯姆「午安，你好嗎？」
田中「哦，謝謝！我很好。」
湯姆「今天也要去學校嗎？」
田中「不！今天不去學校，要去銀行一下。」
湯姆「是嗎？銀行在什麼附近？」
田中「在遠東百貨公司附近。走路大約需要二十分鐘。」
約翰「晚安！老師經常都很早來啊！」
老師「是！經常都提早來。約翰先生，你日語現在學得很好啦！」
約翰「不！還不好。日語好難啊！請多多指教。」
老師「請繼續努力！」

第三十一課　簡単日常会話用語(一)

(だいさんじゅういっか　かんたんにちじょうかいわようご)

なに？	什麼？	What？
どこ？	哪裏？	Where？
いつ？	什麼時候？	When？
だれ？	誰？	Who？
どなた？	哪一位？	Who？
どっち（どちら）？	哪一邊？	Which way？
どれ？	哪一個？	Which one？
どう？	怎樣？	How？
どうして？	爲什麼？	Why？
なぜ？	爲什麼？	Why？
なんで？	爲什麼？	Why？
いくら？	多少{錢？ 量？}	How much？
いくつ？	{幾個？ 幾歲？}	{How many？ How many years old？}
どのくらい？	大約多少？	How much？
どれだけ？	大約多少？	How much？

いつまでに？	什麼時候以前？	How soon? By What time?
これ？	這個嗎？	This one?
それ？	那個嗎？	That one?
あれ？	那個嗎？(較遠)	That one? (farther)
なんじに？	幾點的時候？	At what time?
おなまえは？	貴姓？	Your name?
おところは？	你的地址？	Your address?
できますか？	你會嗎？	Can you?
できましたか？	做好了嗎？ 準備好了嗎？	Finished? Ready?
わかりますか。	懂嗎？瞭解嗎？	Understand?
わかりましたか。	瞭解嗎？	Understand?
しっていますか。	知道嗎？	Do you know?
いいですか。	好嗎？	O. K.?
よろしいですか。	好嗎？	O. K.?
いきますか。	要去嗎？	Will you go?
きますか。	要來嗎？	Will you come?

いますか。	在嗎？	At home?
ありますか。	有嗎？	Are there? Have you?
たべますか。	要吃嗎？	Have you?
のみますか。	要喝嗎？	Have you?
ほしいですか。	你想要嗎？	Do you want?
おいしいですか。	好吃嗎？	Delicious?
すきですか。	喜歡嗎？	Like it?
きらいですか。	不喜歡嗎？	Dislike?
おなじですか。	一樣嗎？	The same?
いりますか。	需要嗎？	Need it?
まだですか。	還沒嗎？	Not yet?
だいじょうぶですか。	不要緊嗎？	Are you all right?
もういいですか。	好了嗎？	Ready?
かまいませんか。	沒有關係嗎？	Do you mind…? Is it all right…?
みせて。	給我看！	Show me!
てつだって。	幫我忙！	Help me!

あけて。	請打開！	Open it !
しめて。	請關上！	Close it !
かいて。	請寫下！	Write it !

第三十二課(だいさんじゅうにか)　簡単日常会話用語(かんたんにちじょうかいわようご)㈡

お早(はよ)うございます。

今日(こんにち)は。

今晩(こんばん)は。

さようなら。

では、又(また)。

お休(やす)みなさい。

いらっしゃいませ。

山田(やまだ)さんですか。

山田(やまだ)です。どうぞよろしく。

初(はじ)めまして。

学生(がくせい)ですか。

はい、そうです。

いいえ、違(ちが)います。

分(わ)かりますか。

はい、分(わ)かります。

如何(いかが)ですか。

はい、結構(けっこう)です。

いいえ、結構(けっこう)です。

ちょっとお待(ま)ち下(くだ)さい。

どうぞ、こちらへ。

済(す)みません。もう一度(いちど)言(い)って下(くだ)さい。

お掛(か)け下(くだ)さい。

お茶(ちゃ)を　どうぞ。

お名前(なまえ)は。

御住所(ごじゅうしょ)は。

名刺(めいし)を下(くだ)さい。

御免下(ごめんくだ)さい。

お邪魔(じゃま)します。

お邪魔しました。

又、来ます。

有難うございました。

ちょっとお尋ねします。

済みません。

御免なさい。

どうも済みません。

どうも有難うございます。

課文中譯

［日常打招呼用語］

早安。(從早上天亮時至上午十點左右都可以講)

午安。(從早上九點左右至下午六點左右都可以講)

晚安。(從天黑之後至當晚十二點左右都可以講)

再見。(分離時講)

再見。(分離時講，最近講這句話的人增加)

你休息吧！(此句亦可當晚上分離時之「再見」)

歡迎光臨。(在店裏店員、老闆常講之，但在一般家庭也可以講)

［日常會話用語］

你是山田｛先生／小姐｝嗎？

我是山田，請多指教。

我們第一次見面，請多指教。

你是學生嗎？

是！是的。
不！不是。
你聽懂嗎？
是！我聽懂。
怎麼樣？
是！我要。
不！我不要。
請稍微等一下。（等一下。）
請到這邊來。
對不起！請再說一次。
請坐！
請喝茶！
貴姓？
您的地址呢？
請給我名片。
對不起，有人在家嗎？(Hello)
我要打擾您啦！
我打擾您啦！
我還要再來。
謝謝您了。
請問一下。
對不起！(語氣較輕 I'm sorry)
對不起！(語氣較重 I'm sorry)
非常抱歉！(往往只說「どうも」)
非常謝謝！(往往只說「どうも」)

習題

(1) おなまえは。

答：＿＿＿＿＿＿＿＿＿＿＿＿＿＿＿＿。

(2) おところは。

答：＿＿＿＿＿＿＿＿＿＿＿＿＿＿＿＿。

(3) いくつ。

答：＿＿＿＿＿＿＿＿＿＿＿＿＿＿＿＿＿＿＿＿。

(4) にほんごができますか。

答：(A) はい、＿＿＿＿＿＿＿＿＿＿＿＿＿＿＿＿。

(B) いいえ、＿＿＿＿＿＿＿＿＿＿＿＿＿＿＿。

(5) 学生ですか。

答：(A) はい、＿＿＿＿＿＿＿＿＿＿＿＿＿＿＿＿。

(B) いいえ、＿＿＿＿＿＿＿＿＿＿＿＿＿＿＿。

(6) にほんごはすきですか、きらいですか。

答：(A) はい、＿＿＿＿＿＿＿＿＿＿＿＿＿＿＿＿。

(B) いいえ、＿＿＿＿＿＿＿＿＿＿＿＿＿＿＿。

(7) いつ日本語を習(なら)いましたか。

答：＿＿＿＿＿＿＿＿＿＿＿＿＿＿＿＿＿＿＿＿。

(8) 日本へいきますか。

答：(A)はい、＿＿＿＿＿＿＿＿＿＿＿＿＿＿＿＿。

(B) いいえ、＿＿＿＿＿＿＿＿＿＿＿＿＿＿＿。

(9) 日本料理(りょうり)をたべますか。

答：(A) はい、＿＿＿＿＿＿＿＿＿＿＿＿＿＿＿＿。

(B) いいえ、＿＿＿＿＿＿＿＿＿＿＿＿＿＿＿。

(10) ビールをのみますか。

答：(A) はい、＿＿＿＿＿＿＿＿＿＿＿＿＿＿＿＿。

(B) いいえ、＿＿＿＿＿＿＿＿＿＿＿＿＿＿＿。

⑾　明日（あした）も学校（がっこう）へきますか。

答：(A)　はい、＿＿＿＿＿＿＿＿＿＿＿＿＿＿。

　　(B)　いいえ、＿＿＿＿＿＿＿＿＿＿＿＿＿。

⑿　黃先生要拜訪山田老師，來到老師家。

黃　：「　　　　　　　　　　　　　　　　　」

先生：「　　　　　　　　　　　　　　　　　」

黃　：「　　　　　　　　　　　　　　　　　」

先生：「　　　　　　　　　　　　　　　　　」

黃　：「　　　　　　　　　　　　　　　　　」

先生：「いいえ、どうぞ　　　　　　　　　　」

黃　：「　　　　　　　　　　　　　　　　　」

第三十三課(だいさんじゅうさんか) 場所 に 物 があります。

玄関(げんかん)に靴箱(くつばこ)があります。

靴箱(くつばこ)の中(なか)に靴(くつ)や草履(ぞうり)が沢山(たくさん)あります。

靴(くつ)は何足(なんぞく)ありますか。数(かぞ)えてみましょう。

一足(いっそく)・二足(にそく)・三足(さんぞく)・四足(よんそく)・五足(ごそく)・六足(ろっそく)

七足(ななそく)・八足(はっそく)・九足(きゅうそく)・十足(じゅっそく)

靴(くつ)は十足(じゅっそく)あります。

草履(ぞうり)は何足(なんぞく)ありますか。

一足(いっそく)・二足(にそく)・三足(さんぞく)・四足(よんそく)・五足(ごそく)、

草履(ぞうり)は五足(ごそく)あります。

皆(みんな)で十五足(じゅうごそく)あります。

教会(きょうかい)に長(なが)い椅子(いす)が沢山(たくさん)あります。

椅子(いす)は幾(いく)つあるでしょうか、数(かぞ)えてみましょう。

一(ひと)つ、二(ふた)つ、三(みっ)つ、四(よっ)つ、五(いつ)つ、六(むっ)つ、七(なな)つ

八(やっ)つ、九(ここの)つ、十(とお)、十一(じゅういち)、十二(じゅうに)、十三(じゅうさん)、十四(じゅうし)、

十五、十六、十七、十八、十九、二十。

椅子は皆で二十あります。

皆長い椅子です。

引き出しの中に写真が沢山あります。

写真は何枚ありますか。

一枚、二枚、三枚、四枚、五枚、六枚、七枚

八枚、九枚、十枚、十一枚、十二枚、十三枚

十四枚、十五枚、十六枚、十七枚、十八枚、

十九枚、二十枚。

皆大きい写真ですか。

いいえ、小さいのもあります。

皆カラーの写真ですか。

いいえ、黒白のもあります。

黒白のは古い写真と証書用の写真です。

課文中譯

在門口那裏有鞋櫥。
鞋櫥裏有很多皮鞋及拖鞋。
皮鞋有幾雙？我們來數數看！
一雙、二雙、三雙、四雙、五雙、六雙、七雙、八雙、九雙、十雙。
皮鞋有十雙。
拖鞋有幾雙？
一雙、二雙、三雙、四雙、五雙。
拖鞋有五雙。
一共有十五雙。

在教會裏有很多長椅子。
椅子有幾隻呢？要不要數數看？
一隻、兩隻、三隻、四隻、五隻、六隻、七隻、八隻、九隻、十隻、十一隻、十二隻、十三隻、十四隻、十五隻、十六隻、十七隻、十八隻、十九隻、二十隻。
椅子一共有二十隻。
都是長椅子。

在抽屜裏有很多照片。
照片有幾張呢？
一張、兩張、三張、四張、五張、六張、七張、八張、九張、十張、十一張、十二張、十三張、十四張、十五張、十六張、十七張、十八張、十九張、二十張。
都是大的照片嗎？
不！也有小的。
都是彩色照片嗎？
不！黑白的也有。
黑白的是舊照片以及證書用之照片。

簡單文法

(1) （動詞）…………てみ ｛る。 ｛ます。／しょう。｝ ｛要做 動詞 看看。／來做 動詞 看看罷！

（名詞）…………をみ ｛る。 ｛ます。／しょう。｝ ｛要看 名詞／來看 名詞 罷！

(例) **やる** ＝ 要做

やってみ｛る。／ます。 ＝ 要做做看

やってみましょう。 ＝ 來做做看罷！

映画(えいが)をみ｛る。／ます。 ＝ 要看電影

映画を見ましょう。 ＝ 來看電影罷！

【數東西之單位】

(1) **球狀、箱狀的東西，如林檎(りんご)、蜜柑(みかん)、机(つくえ)、箱(はこ)、部屋(へや)、簞笥(たんす)等。**

一(ひと)つ、二(ふた)つ、三(みっ)つ、四(よっ)つ、五(いつ)つ、六(むっ)つ、七(なな)つ、八(やっ)つ、九(ここの)つ、十(とお)、十一(じゅういち)、十二(じゅうに)、十三(じゅうさん)、十四(じゅうし)、十五(じゅうご)、十六(じゅうろく)、十七(じゅうしち)、十八(じゅうはち)、十九(じゅうく)、二十(にじゅう)。

(2) **細長形的東西，如手(て)、足(あし)、箸(はし)、ペン、バナナ、毛(け)、木(き)、ネクタイ等。**

一本(いっぽん)、二本(にほん)、三本(さんぼん)、四本(よんほん)、五本(ごほん)、六本(ろっぽん)、七本(ななほん)、八本(はちほん)(或はっぽん)
九本(くほん)(或きゅうほん)、十本(じっぽん)、十一本(じゅういっぽん)、十二本(じゅうにほん)、十三本(じゅうさんぼん)、十四本(じゅうよんほん)、十五本(じゅうごほん)。

(3) **薄的，如服(ふく)、ハンカチ、風呂敷(ふろしき)、ガラス、畳(たたみ)、紙、写真(しゃしん)等。**

一枚(いちまい)、二枚(にまい)、三枚(さんまい)、四枚(よんまい)、五枚(ごまい)、六枚(ろくまい)、七枚(しちまい)(或ななまい)、
八枚(はちまい)、九枚(きゅうまい)、十枚(じゅうまい)、十一枚(じゅういちまい)、十二枚(じゅうにまい)、十三枚(じゅうさんまい)、十四枚(じゅうよんまい)、十五枚(じゅうごまい)。

(4) **裝訂好的，如本(ほん)、ノート、雑誌(ざっし)、アルバム等。**

一冊(いっさつ)、二冊(にさつ)、三冊(さんさつ)、四冊(よんさつ)、五冊(ごさつ)、六冊(ろっさつ)、七冊(ななさつ)、八冊(はっさつ)、九冊(きゅうさつ)、
十冊(じゅっさつ)、十一冊(じゅういっさつ)、十二冊(じゅうにさつ)、十三冊(じゅうさんさつ)、十四冊(じゅうよんさつ)、十五冊(じゅうごさつ)。

(5) **穿在脚上的，如靴(くつ)、靴下(くつした)、草履(ぞうり)、下駄(げた)、スリッパー等。**

一足(いっそく)、二足(にそく)、三足(さんぞく)、四足(よんそく)、五足(ごそく)、六足(ろっそく)、七足(ななそく)、八足(はっそく)、九足(きゅうそく)、
十足(じっそく)、十一足(じゅういっそく)、十二足(じゅうにそく)、十三足(じゅうさんぞく)、十四足(じゅうよんそく)、十五足(じゅうごそく)。

(6) **小動物，如犬(いぬ)、猫(ねこ)、魚(さかな)、蚊(か)、蟻(あり)、虫(むし)等。**

一匹(いっぴき)、二匹(にひき)、三匹(さんびき)、四匹(よんひき)、五匹(ごひき)、六匹(ろっぴき)、七匹(ななひき)、八匹(はっぴき)、九匹(くひき)、
十匹(じっぴき)、十一匹(じゅういっぴき)、十二匹(じゅうにひき)、十三匹(じゅうさんびき)、十四匹(じゅうよんひき)、十五匹(じゅうごひき)。

(7) **大動物，如牛(うし)、豚(ぶた)、虎(とら)、ライオン、象(ぞう)等。**

一頭(いっとう)、二頭(にとう)、三頭(さんとう)、四頭(よんとう)、五頭(ごとう)、六頭(ろっとう)、七頭(ななとう)、八頭(はっとう)、九頭(きゅうとう)、
十頭(じっとう)、十一頭(じゅういっとう)、十二頭(じゅうにとう)、十三頭(じゅうさんとう)、十四頭(じゅうよんとう)、十五頭(じゅうごとう)。

(8) **鳥類，如鶏(にわとり)、家鴨(あひる)、雀(すずめ)、目白(めじろ)、鶯(うぐひす)、鷹(たか)、鷲(わし)等。**

一羽(いちわ)、二羽(にわ)、三羽(さんば)、四羽(しわ)、五羽(ごわ)、六羽(ろくわ)、七羽(しちわ)、八羽(はちわ)、九羽(くわ)、
十羽(じっぱ)、十一羽(じゅういちわ)、十二羽(じゅうにわ)、十三羽(じゅうさんば)、十四羽(じゅうしわ)、十五羽(じゅうごわ)。

(9) **汽車、機械類。**

一台(いちだい)、二台(にだい)、三台(さんだい)、四台(よんだい)、五台(ごだい)、六台(ろくだい)、七台(しちだい)(或ななだい)、八台(はちだい)、九台(きゅうだい)、十台(じゅうだい)、十一台(じゅういちだい)、十二台(じゅうにだい)、十三台(じゅうさんだい)、十四台(じゅうよんだい)、十五台(じゅうごだい)。

(10) **房屋。**

一軒(いっけん)、二軒(にけん)、三軒(さんげん)、四軒(よんけん)、五軒(ごけん)、六軒(ろっけん)、七軒(ななけん)、八軒(はっけん)、九軒(きゅうけん)、十軒(じっけん)、十一軒(じゅういっけん)、十二軒(じゅうにけん)、十三軒(じゅうさんげん)、十四軒(じゅうよんけん)、十五軒(じゅうごけん)。

注意

(1)一雙筷子（二本(にほん)の箸(はし)）

(2)一對情侶（一組(ひとくみ)の恋人(こいびと)）

(3)一次比賽（一回(いっかい)の試合(しあい)）

(4)さんかい

a. 三回(さんかい)：三次

b. 三階(さんがい)：三樓

習題

(1) 這裏有很多桌子。＿＿＿＿＿＿＿＿＿＿＿＿＿＿

(2) 有幾張呢？來數數看。＿＿＿＿＿＿＿＿＿＿＿＿

(3) 一張、兩張、三張、四張、五張、六張、七張、八張、九張、十張、十一張、十二張，一共有十二張。都是新桌子。

＿＿＿＿＿＿＿＿＿＿＿＿＿＿＿＿＿＿＿＿＿＿＿＿

(4) 那裏有很多樹。________________

(5) 有幾棵呢？來數數看。________________

(6) 桌子上有很多書。________________

(7) 要不要數數看？ ________________

(8) 路兩旁有很多汽車。(道の両側)________________

(9) 一輛、兩輛、三輛、四輛、五輛、六輛、七輛、
八輛、九輛、十輛、十一輛、十二輛、十三輛、
十四輛、十五輛、一共有十五輛。

____

____

____

第三十四課（だいさんじゅうよんか）　……ですね。

これは日本語（にほんご）の本（ほん）ですね。

はい、そうです。

あなたの本（ほん）ですか。

はい、それは私（わたし）の本（ほん）です。

これも日本語（にほんご）の本（ほん）ですか。

いいえ、それは日本語（にほんご）のではありません。

それは英語（えいご）のです。

難（むずか）しい本（ほん）ですか。

いいえ、難（むずか）しくはありません。とても易（やさ）しい本（ほん）です。

この厚（あつ）い本（ほん）は難（むずか）しいでしょう。

いいえ、それも難（むずか）しい本（ほん）ではありません。

基礎（きそ）の本（ほん）です。

そこにもっと厚（あつ）くて大（おお）きい本（ほん）がありますね。

それは何(なん)の本(ほん)ですか。

これは日本語(にほんご)の字引(じびき)です。

字引(じびき)には単語(たんご)が沢山(たくさん)あります。

一字(いちじ)の単語(たんご)もあります。二字(にじ)の単語(たんご)もあります。

長(なが)いのは十字(じゅうじ)のもあります。

課文中譯

這是日語的書，是不是？
是！是的。
是你的書嗎？
是！是我的書。
這也是日語的書嗎？
不！那不是日語的書。
那是英語的書。
是難的書嗎？
不！不難。是很淺的書。

這一本厚的書，很難吧？
不！那一本也不是很難的書。它是基礎的書。
那裏是不是有一本更厚、更大的書？
那是什麼書？
這是日語的字典。
字典裏面有很多單字。
也有一個字的單字，也有兩個字的單字。
長的單字也有十個字的。

簡單文法

(1) (a) これは日本語の本ですか。

(這是日語的書嗎？) (Is this a Japanese book?)

「か」係終助詞，表示疑問、發問。不知道時發問。

所謂終助詞係接在句尾之助詞。

(b) これは日本語の本ですね。

(這是日語的書，是不是？)

(I think this is a Japanese book, isn't it?)

「ね」亦係終助詞，它表示「確認」(to make sure)

(call attention repeatedly)

例： (a) あなたは林さんですか。（你是林先生嗎？）

(b) あなたは林さんですね。（你是林先生罷！？）

(c) 明日は試験（しけん）がありますか。（明天有考試嗎？）

(d) 明日は試験がありますね。（明天有考試，是不是？）

(2) 難（むずか）しく (は) ｛ありません。／ないです。｝ (不難)

↑ 加強語氣

形容詞之否定係「——い」
↓
「——く ｛ない／ありません。」｝

例： 暑（あつ）｛い ↓ く｝ (は) ｛ない。／ありません。｝ (不熱)

高(たか) い
↓
く（は） ない。／ありません。 （不高或不貴）

名詞之否定係「 名詞 です。 （敬體）
だ。」 （常體）
↓
「 名詞 で（は） ない。／ありません。」 （不是 名詞 ）

例： 今日(きょう)は日曜日(にちようび) です。／だ。 （今天是星期日）
↓
で（は） ない。／ありません。 （今天不是星期日）

形容動詞之否定係「台湾(たいわん)の空気(くうき)は綺麗(きれい) です。 （敬體）
だ。」 （常體）
↓
で（は） ない。／ありません。

（台灣的空氣不乾淨。）

動詞之否定係「今日は遊(あそ)ぶ。　　　（常體）
　　　　　　　　　　　びます。（敬體）　（今天要玩。）

↓

「…………………せん。」（今天不玩。）（敬體）

「……………遊(あそ)ぶ。
↓
ばない。（今天不玩。）（常體）

注意

動詞若依語尾之變化予以分類，則可分爲五種。（如：五段動詞、上一段動詞、下一段動詞、カ行變格動詞、サ行變格動詞。）所以它之否定形不能以短短幾個字可以表達，留在以後敍述。

(3)　この本は難しい本でしょう。

上句可有兩種翻譯。

若句尾上揚，等於「………ですね。」（確認）

この本は難しい本　でしょう。↗
　　　　　　　　　ですね。　（這本書是難的書罷！是不是？）

若句尾下垂，它是推測句。

この本は難しい本でしょう。↘（這本書，我想是難的書。）

例：　今日は暑いです。

明日も暑いでしょう。↘（明天也很熱罷！）

推測

これは綺麗でしょう。↗（這很漂亮罷！〔你認爲如何？〕）

（確認）

⑷ 長い{の / 單語}は十字の單語（這語可省略）もあります。

（長的單字也有十個字的。）上句之兩個「の」用法不同。

形容詞 の

↑

代替名詞

例： 厚（あつ）い{本（ほん） / の}は一冊二千円（いっさつにせんえん）ぐらいです。 （厚的書，一本大約兩千元。）

靴下（くつした）は高（たか）い{の / 靴下}は一足三百円（いっそくさんびゃくえん）ぐらいで、

安（やす）い{の / 靴下}は五十円（ごじゅうえん）ぐらいです。

（襪子貴的是一雙大約三百元，便宜的是一雙大約五十元。）

十字の（單語）もあります。

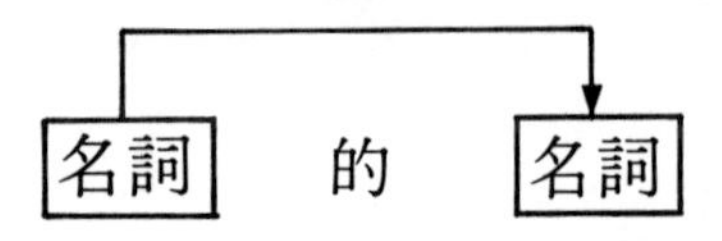

被修飾語（可省略）

上句「名の名」（被修飾語可省略。惟這時「の」並非代替名詞。）

修飾語 被修飾語

例： 本が沢山あります。日本語のも英語のも数学のも歴史のもあります。

（上句係省略被修飾語的例句。）

習題

⑴ 你是這個學校的學生吧？＿＿＿＿＿＿＿＿＿＿＿＿

⑵ 是！是的。＿＿＿＿＿＿＿＿＿＿＿＿＿＿＿＿＿＿

⑶ 你是哪一系的學生？（どの学部（がくぶ））＿＿＿＿＿＿＿＿

⑷ 我是日語學系的學生。（日本語学部（にほんごがくぶ））＿＿＿＿＿＿

⑸ 他也是日語學系的學生嗎？（彼（かれ））＿＿＿＿＿＿＿＿

⑹ 不！他不是日語學系的。＿＿＿＿＿＿＿＿＿＿＿＿

⑺ 他是法律學系的。（法律学部（ほうりつがくぶ））＿＿＿＿＿＿＿＿

⑻ 日語很難嗎？＿＿＿＿＿＿＿＿＿＿＿＿＿＿＿＿

⑼ 不！不難。＿＿＿＿＿＿＿＿＿＿＿＿＿＿＿＿＿＿

⑽ 這本厚的書是你的吧！＿＿＿＿＿＿＿＿＿＿＿＿＿

⑾ 是！那是我的。＿＿＿＿＿＿＿＿＿＿＿＿＿＿＿＿

⑿ 那本薄的書也是你的嗎？（薄（うす）い）＿＿＿＿＿＿＿＿

⒀ 那本不是我的。＿＿＿＿＿＿＿＿＿＿＿＿＿＿＿＿

⒁ 那本是朋友的。（友達（ともだち））＿＿＿＿＿＿＿＿＿＿

(15) 圖書室裏有很多書。 (図書室) ____________________

(16) 也有日語的，也有英語的。 ____________________

(17) 沒有西班牙語的。 (スペイン語) ____________________

(18) 這本書好厚呀！ ____________________

(19) 是！是的。 ____________________

(20) 有更厚的呀！ ____________________

(21) 厚的是字典吧！ ____________________

(22) 是！那本是很好的字典。 ____________________

第三十五課　日本のお金

今の日本のお金は円と呼びます。￥の記号で表します。紙幣は札と言います。札には一万円札と五千円札と千円札の三種類があります。一万円札は福沢諭吉、五千円札は新渡戸稲造、千円札は夏目漱石がそれぞれ肖像になっています。

硬貨には、ニッケル貨と銅貨とアルミ貨とがあります。五百円と百円と五十円はニッケル貨で、十円と五円は銅貨で、一円はアルミ貨です。硬貨は玉とも言います。

夏目漱石は英文学者であり、小説家でもあります。東大卒業後、イギリスに留学し、帰国後、東大の講師になりました。「吾輩は猫である。」等沢山の名作があります。１９１６年に５０歳で亡くなりました。

新渡戸稲造は農学者で、札幌農学校卒業後、アメリカとドイツに留学し、京都大学の教授になりました。キリスト教を信じ、国際平和を主張した人です。１９３３年に７１歳で亡くなりました。

福沢諭吉は明治時代の教育家で、江戸に蘭学塾を開き、後に慶応義塾と命名しました。「学問のすすめ」等の著作があります。１９０１年、６７歳で亡くなりました。

課文中譯

現在的日本的錢幣稱爲「円」。用￥記號表示。紙幣稱爲「札」(鈔票)。「札」有一万円鈔票，五千円鈔票，以及一千円鈔票之三種。一万円鈔票的肖像是福澤諭吉。五千円鈔票的肖像是新渡户稻造。一千円鈔票的肖像是夏目漱石。享年50歲。

硬幣有鎳幣和銅幣和鋁幣。五百円和一百円和五十円是鎳幣，十円和五円是銅幣，而一円是鋁幣。硬幣又稱爲「玉」(銅盤)。

夏目漱石既是英文學者，又是小說家。東大畢業後赴英國留學。回國後當東京大學的講師。他著有「我是貓」等多部小說。於公元1916年逝世。享年50歲。

新渡户稻造是農學家。畢業於札幌農業學校之後赴美國及德國留學。回國後當京都大學之教授。篤信基督教。提倡國際和平。1933年逝世。享年71歲。

福澤諭吉是明治時代之教育家。在古時候東京設立「蘭學塾」嗣後改名爲「慶應義塾」。有「勸你求學問」等著作。於1901年逝世，享年67歲。

いちえんだま
一円玉

ごじゅうえんだま
五十円玉

ごえんだま
五円玉

ひゃくえんだま
百円玉

じゅうえんだま
十円玉

ごひゃくえんだま
五百円玉

簡單文法

(1)　[名詞] には [名詞] と [名詞] があります。

（ [名詞] 有 [名詞] 和 [名詞] 。）

例：　本には厚い本と薄い本があります。

人にはいい人と悪い人があります。

花には赤い花と白い花と青い花があります。

(2)　それぞれ ＝ 各各（おのおの） ＝ めいめい

（各個）(each of …………, each …………)

例：　この本はそれぞれとても面白（おもしろ）かった。

（這些書各本都很有興趣。）

(Each of these books was very interesting to me.)

君達（きみたち）にそれぞれ林檎（りんご）を二（ふた）つ上（あ）げよう。

（我給你們每一個人兩個蘋果。）

(I'll give you two apples each.)

[名詞] であり、 [名詞] でもあります。

（是 [名詞] ，而又是 [名詞] 。）

例：　福沢諭吉（ふくざわゆきち）は教育家（きょういくか）であり、慶応大学（けいおうだいがく）の設立者（せつりつしゃ）でもあります。

孫中山（そんちゅうざん）は医者（いしゃ）であり、革命家（かくめいか）でもあります。

(3) 名詞 だ。（常體）
名詞 です。（敬體）
} 一般常用

名詞 である。（常體）（小說常用）

名詞 であります。（敬體）（軍隊常用）

名詞 でございます。（敬體、謙讓）（商店常用）

名詞 でいらっしゃいます。（敬體、尊敬）（提到對方時用）

} ＝是 名詞 。

例： これは本 { だ。／です。 }（這是書。）

吾輩（わがはい）は猫（ねこ）である。（我是貓。）

林田二等兵（はやしだにとうへい）であります。（我是林田二等兵。）

こちらがお得（とく）でございます。（買這邊比較合算。）

菊池先生（きくちせんせい）でいらっしゃいますか。（您是菊池老師嗎？）

(4) 變化的結果名詞 になりました。（成／當 } 了 名詞 ）

例： 秋（あき）になりました。

夜（よる）になりました。

医者（いしゃ）になりました。

先生（せんせい）になりました。

兵隊（へいたい）になりました。

(5) 動詞 ます。

‖

動詞之「連用形」。

當動詞之「連用形」未連接「ます」，而直接連接下一子句時，此種連接法稱爲「動詞連接之中止法」。

例：①イギリスに留学し、帰国後東大の講師になりました。

イギリスに留学しました。そして、帰国後、東大の講師になりました。　　而且（接續詞）

②キリスト教を信じ、国際平和を主張しました。キリスト教を信じました。そして、国際平和を主張しました。

③江戸に蘭学塾を開き、後に慶応義塾と命名しました。江戸に蘭学塾を開きました。そして、後に慶応義塾と命名しました。

④夏目漱石は英文学者であり、小説家でもあります。夏目漱石は英文学者であります。そして、小説家でもあります。

習題

(1) 這本書叫做「簡單日語」。＿＿＿＿＿＿＿＿＿＿＿＿

(2) 這個都市叫做台北市。＿＿＿＿＿＿＿＿＿＿＿＿

(3) 台北市是在台灣最熱鬧的都市，且又是台灣政治、經濟之中心。

____

(4) 東西各有名稱。________________________

(5) 人各有抱負。__________________________

(6) 書有好的和不怎麼好的。（あまりよくない）__________

(7) 你是這班的老師嗎？____________________

(8) 我要當醫生。__________________________

(9) 我要當實業家。（実業家）______________

(10) 他篤信基督教，後來成爲牧師。（牧師）__________

(11) 他在台北開了小店，後來成爲大老闆。（大きい店の主人）

____

(12) 她從小就喜歡音樂，後來成爲鋼琴家。（ピアニスト）

____

第三十六課　「へ」・「に」の使い方(1)

私は毎朝学校へ行きます。

勉強に行きます。

兄は毎朝会社へ行きます。

仕事に行きます。

弟は日曜日に運動場へ行きます。

運動に行きます。

父は朝早く役所へ勤めに行きます。

夜七時に帰って来ます。

母は二日に一回スーパーマーケットへ行きます。野菜や肉等を買いに行きます。

姉は一週間に一回ぐらいデパートへ行きます。

色々な物を買いに行きます。

父も兄も私も毎朝電車に乗ります。

私の家の近くに駅があります。そこで電車に乗って途中で乗り換えます。

母と姉は電車には乗りません。歩いて行きます。家の近くにスーパーやデパートがあります。

弟は自転車で運動場へ行きます。運動場は私の家から一寸遠いです。

このように、私達家族は昼間は家にはいません。けれども、日曜日には、たいてい家にいます。

課文中譯

我每天早上要去學校。
要去讀書。
我哥哥每天早上要去公司。
他要去工作。
我弟弟禮拜天要去體育場。
他要去運動。
我父親每天一早就去辦公廳上班。
晚上七點鐘回來。
我母親兩天去一次超級市場。
她去買蔬菜以及肉類等。
我姐姐大約一個禮拜去一次百貨公司。她去買各種東西。
我父親和我哥哥和我都每天早上要搭電車。
我家附近有車站，我在那裏搭電車，然後在途中換車。
我母親和我姐姐不搭電車。

她們都走路去。我家附近有超級市場和百貨公司。
我弟弟騎腳踏車去體育場。體育場離我家稍遠一點。
如上所說，我們家族白天都不在家裏。不過，禮拜天通常都在家。

簡單文法

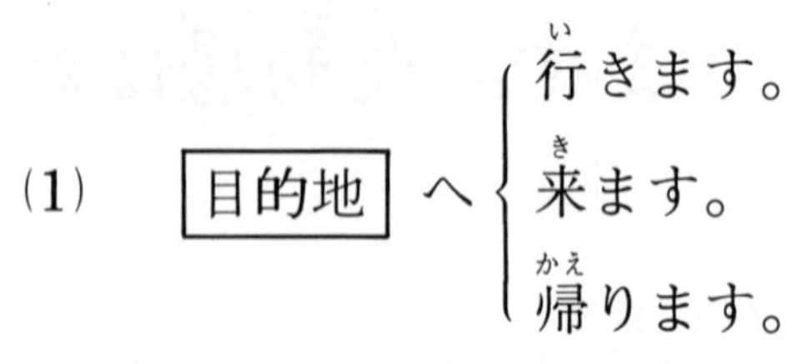

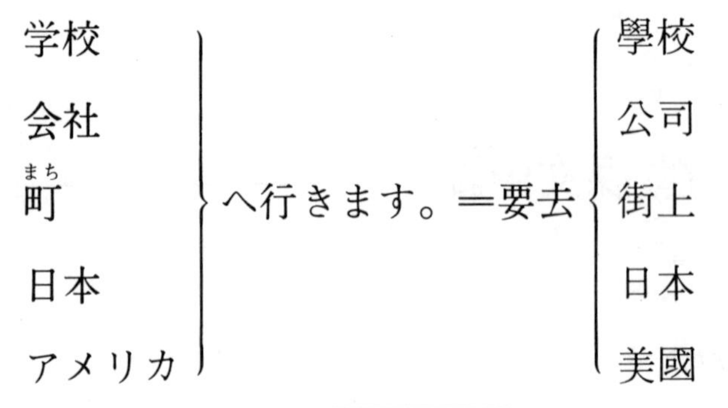

(2) 目的地 へ 目的動作 に行きます。

(要去 目的地 做 動作)

例： 学校へ勉強(べんきょう)に行きます。

会社へ｛仕事(しごと)／勤(つと)め｝に行きます。

町(まち)へ買物(かいもの)に行(い)きます。

日本(にほん)へ観光(かんこう)に行(い)きます。

名詞 動詞連用形	に	行(い)きます。 来(き)ます。 帰(かえ)ります。

町(まち)へ映画(えいが)を見(み)に行きます。

動詞連用形

運動場へ野球(やきゅう)をしに行きます。

動詞連用形

本屋(ほんや)へ本を買(か)いに行きます。

動詞連用形

塾(じゅく)へ日本語を習(なら)いに来ました。

動詞連用形

(3) 動作時間 に 動作

‖

在 動作時間

例： **七時(しちじ)に起(お)きます。そして、十一時に寝ます。**

而且〔接續詞〕

（七點起床，而且十一點睡覺。）

五時(ごじ)に家(いえ)へ帰(かえ)ります。そして、六時にお風呂に入ります。

（五點回家，而且六點洗澡。）

映画(えいが)は七時半(しちじはん)に始(はじ)まります。そして、九時に終わります。

（電影七點開始，而且九點結束。）

桜の花は三月に咲きます。（櫻花於三月開。）

台風は七月か八月に来ます。（颱風將於七月或者八月來襲。）

夏休みに水泳をします。（暑假要游泳。）

冬休みに｛スキー／試験の準備／読書｝をします。（寒假要｛滑雪。）／準備考試。）／看書。）｝

(4) 時間範圍 に 動作

一日に三回食事をします。（一天之內要吃三餐。）

二日に一回ジョギングをします。（兩天跑一次慢跑。）(jogging)

一週間に一回爪を切ります。（一禮拜剪一次指甲。）

一年に一回海外旅行をします。（一年去國外旅行一次。）

(5) 存在的地方 に｛あります。／います。｝

本は机の上にあります。（書在桌子上。）

母はいつも家にいます。（母親經常都在家。）

父は昼間は会社にいます。（父親白天都在公司。）

駅は近くにあります。（車站在附近。）

家の近くにスーパーやデパートがあります。

（我家附近有超級市場以及百貨公司。）

(6) 對象 に 動作 （此用法之課文將在第三十五課講）

友達に
- 電話(でんわ)を掛(か)けます。 （要打電話給朋友。）
- 手紙(てがみ)を書(か)きます。 （要寫信給朋友。）
- 聞(き)きます。 （要問朋友。）

先生に
- 日本語を習(なら)います。 （向老師學日語。）
- 宿題(しゅくだい)を出します。 （向老師交作業。）
- 分からない所を聞(き)きます。 （向老師問不懂的地方。）

習題

(1) 我要上街買東西。＿＿＿＿＿＿＿＿＿＿

(2) 你要去哪裏？＿＿＿＿＿＿＿＿＿＿

(3) 我要到公司上班。＿＿＿＿＿＿＿＿＿＿

(4) 我要到學校讀書。＿＿＿＿＿＿＿＿＿＿

(5) 你昨天去了哪裏？＿＿＿＿＿＿＿＿＿＿

(6) 我昨天去了體育場。＿＿＿＿＿＿＿＿＿＿

(7) 你去體育場做了什麼？＿＿＿＿＿＿＿＿＿＿

(8) 我去體育場慢跑。＿＿＿＿＿＿＿＿＿＿

⑼　你每天慢跑嗎？＿＿＿＿＿＿＿＿＿＿＿＿＿＿＿＿

⑽　不！我一禮拜跑兩次。＿＿＿＿＿＿＿＿＿＿＿＿＿

⑾　你搭電車去嗎？＿＿＿＿＿＿＿＿＿＿＿＿＿＿＿＿

⑿　不！我跑步去。（走（はし）って行く）＿＿＿＿＿＿＿＿＿

⒀　你爸爸每天去公家機構上班嗎？（役所（やくしょ））＿＿＿＿＿＿＿

⒁　不！他一個禮拜去上班五天。＿＿＿＿＿＿＿＿＿＿

⒂　通常禮拜六和禮拜天都在家。＿＿＿＿＿＿＿＿＿＿

⒃　你媽媽都去哪裏買菜？＿＿＿＿＿＿＿＿＿＿＿＿＿

⒄　我媽媽通常去附近的超級市場買菜。＿＿＿＿＿＿＿

⒅　你家的附近有百貨公司嗎？＿＿＿＿＿＿＿＿＿＿＿

⒆　有，走路大約需要二十分鐘。（二十分かかる）＿＿＿＿

⒇　車站離你家很遠嗎？＿＿＿＿＿＿＿＿＿＿＿＿＿＿

(21)　是，有一點遠。大約有一公里。（一（いち）キロ）＿＿＿＿＿

(22)　你每年要去國外旅行嗎？＿＿＿＿＿＿＿＿＿＿＿＿

(23) 是！通常一年去一次國外旅行。________________________

(24) 你晚上都在家嗎？

(25) 不！有時候不在家。（……事（こと）もあります）________________

(26) 我今晚八點要去你家，你在家嗎？________________________

(27) 我今晚七點以後就在家，歡迎你來。________________________
（七時以後（しちじいご））（どうぞいらっしゃい）（来て下さい）

____

第三十七課　「に」の使い方(2)

　陳さんは今日学校が終わってから塾へ日本語を習いに行きました。四時半に学校を出ました。そして、六時に塾に着きました。塾の授業は月、水、金の夜六時二十分に始まって、八時に終わります。

　塾が終わってから近くの停留所でバスに乗って九時に家に帰りました。

　夜は友達に電話を掛けました。友達は家にいませんでした。それで、友達のお母さんに言付けをしました。

　その後で、日本にいる同窓に手紙を書きました。書き終わってすぐ出しに行きました。四、五日後に日本に着くと思います。

　寝る前に半時間ぐらいテレビを見ました。十一時頃、お父さんとお母さんに「お休みなさい。」と言(い)ってから、寝(ね)ました。

課文中譯

陳先生今天放學之後到補習班去學日語。四點半由學校走出去，然後六點到達補習班。補習班的課是星期一、三、五的晚上六點二十分開始，八點結束。
上完補習班之課後，在附近的招呼站搭公共汽車。九點鐘回到了家。
晚上打電話給朋友。朋友不在家，所以，向朋友的母親託話，轉告他。
嗣後，寫信給在日本的同學。
寫完後就立即拿去寄。我想大概於四、五天之後就可以到達。
睡覺以前看了電視大約看了半小時。十一點左右向父母說：「您休息吧！」之後就寢了。

簡單文法

(1) 名詞 が終わ
- る。　(常體)　(會結束。)
- りま
  - す。　(敬體)
  - した。　(敬體，完了)　(已結束了。)
- ってから。　(連用形接格助詞「から」)

(結束之後……)

例：①映画(えいが)が終(お)わ
- りました。
- ってから、食堂(しょくどう)へ行(い)きました。

②授業(じゅぎょう)が終(お)わ
- りました。
- ってから、水泳(すいえい)に行(い)きました。

(2) 起點 を 出（で）る。／ます。 （由 起點 出來）
降（お）りる。／ます。 （由 起點 下來）

部屋（へや）を出（で）る。／ます。 （走出房間。）

バスを降（お）りる。／ます。 （由公共汽車下來。）

学校を 出（で）る。／ます。
卒業（そつぎょう）する。／します。 （由學校畢業。）

(3) 第一句 …………。そして、第二句 …………。そして、第三句 …………。

（接續詞。而且、而後、然後）

(and then)

朝六時に起きます。そして、運動をします。そして、七時に朝御飯を食べます。

（早上六點起床。然後，做運動。然後吃早飯。）

夕方（ゆうがた）五時頃（ごじごろ）家（いえ）に帰（かえ）ります。そして、お風呂（ふろ）に入（はい）ります。そして、晩御飯（ばんごはん）を食（た）べます。

（傍晚五點左右回到家。然後洗澡，然後吃晚飯。）

(4) 歸着點 に
- 着(つ)
  - く。
  - きます。／した。 (到達 目的地)
- 帰(かえ)
  - る。
  - ります。／した。 (回到 家)

十二時(じゅうにじ)に台中(たいちゅう)を出(で)ました。そして、二時半(にじはん)に台北(たいほく)に着(つ)きました。

(十二點由台中出發，而且，兩點半抵達台北。)

八時(はちじ)に家(いえ)を出(で)ました。そして、六時(ろくじ)に家(いえ)に帰(かえ)りました。

(八點出門，而且六點回到家。)

(5) 時間 に始(はじ)ま
- る。
- ります。
- ります。そして、 (於 時間 開始，然後……。)
- ‖
- って、

例：

映画(えいが)は夜七時(よるしちじ)に始(はじ)ま ｛ります。そして、／って、｝ 八時四十分(はちじよんじっぷん)に終(お)わります。

(電影於晚上七點開始，而於八點四十分結束。)

第一学期(だいいちがっき)は九月初(くがつはじ)めに始(はじ)ま ｛ります。そして、／って、｝ 一月末(いちがつまつ)に終(お)わります。

(第一學期於九月初開始，而於一月底結束。)

(6) 存在的地方 に { います。 / あります。 }　（在 地方 ）

動作的地方 で 動作　（在 地方 做 動作 ）

例：　昼間は学校 { にいます。 / で勉強しています。 }

（白天 { 在學校。 / 在學校讀書。） }

夜は家 { にいます。 / でテレビを見ています。 }

（晩上 { 在家裏。 / 在家裏看電視。） }

(7) 動作之對象 に 動作

例：　バスに乗 { ります。 / って学校へ行きます。 }　（搭公共汽車去學校。）

友達に電話を掛け { ます。 / て聞きます。 }　（打電話給朋友，向他詢問。）

(8) 言葉を付ける → 言付ける → 言付け → 言付けをする

（留話）（動詞）　（留話）（名詞）　（名詞接動詞）（留話）

例：　友達のお母さんに言付けをしました。

（請朋友的母親傳話給朋友。）

先生の奥さんに言付けをして帰りました。

（請老師的太太傳話給老師。）

(9) ある
いる } 的連體形（連接體言的形）

お金(かね) { があ { る。 { 有錢 } ………常體
　　　　　　　　{ ります。 ………敬體
　　　 { のある { 人(ひと)　（有錢的人）
　　　　　　　　{ 時(とき)　（有錢的時候）

家(いえ)にい { る。 { 在家 } ………常體
　　　　　{ ます。 ………敬體

家にいる時(とき)はたいてい裸(はだか)です。

（在家的時候通常是裸體。）

前(まえ)にいる人は先生です。

（在前面的人是老師。）

山(やま)の上にある建物(たてもの)は学校(がっこう)です。

（在山上的建築物是學校。）

私達の学校は山の上にあります。

（我們的學校在山上。）

日曜日(にちようび)はたいていうちにいます。

（禮拜天通常都在家。）

日曜日はうちにいる日(ひ)が多(おお)いです。

（禮拜天在家的日子比較多。）

習題

⑴ 電影完了之後去餐廳吃飯。

⑵ 九點半走出電影院。

⑶ 十二點台中出發，下午兩點半抵達台北。

⑷ 補習班之課是星期二、四、六晚上六點到八點。

⑸ 一個禮拜要唸六小時。（六時間）

⑹ 我家附近有公共汽車的招呼站。

⑺ 由我家走到招呼站大約需要五分鐘。（かかる）

⑻ 我每天坐公共汽車上班。

⑼ 公共汽車每隔五分鐘就有一班。（五分置きに）

⑽ 我每天七點出門，下午六點回到家。

(11) 禮拜天通常在家。 ______________________________

(12) 禮拜六上午通常去約會。 ______________________________

(13) 教會是上午十點開始十二點結束。

____

(14) 教會離我家大約有一點五公里。 (1.5キロ)

____

(15) 離我家最近的教會是民族路教會。

____

(16) 我昨天由在日本的朋友接到了一封信。 (貰(もら)いました)

____

(17) 我馬上寫回信給那個朋友。 (すぐ) (返事(へんじ))

____

(18) 我的哥哥在日本。______________________________

(19) 我的哥哥在日本讀書。 ______________________________

(20) 我在電影院前面等你。______________________________

(21) 我家在日新戲院附近。 (日新劇場(にっしんげきじょう)) ______________________________

____

⑵ 我禮拜天通常去電影院看電影。（映画館）（映画を見る）

⒇ 我早上通常去學校慢跑。（jogging ジョギング）

⒁ 我夏天通常去游泳池游泳。（pool プール）（水泳に行く）

第三十八課　動詞て動詞て動詞ます。

私は毎朝早く起きます。

毎朝六時半頃起きます。

起きるとすぐ歯を磨いて顔を洗って髭を剃ります。

それから、半時間ぐらいジョギングをします。

それが済んでから、冷水で体を洗って朝御飯を食べます。

七時半頃うちを出ます。うちの近くの停留所でバスに乗ります。

そして、学校の近くの停留所でバスを降ります。

うちから学校まで三十分ぐらいかかります。

学校は午前八時十分に始まって、午後四時二十分に終わります。

昼休みは正午十二時から一時半までです。

食後大抵ちょっと昼寝をします。

学校が終わるとすぐ又バスに乗ってうちへ帰ります。

お風呂に入ってから晩御飯を食べます。

それから、暫らくテレビを見て、予習復習をします。

夜は遅く寝ます。大抵十二時頃寝ます。

課文中譯

我每天早上早起。
我每天早上六點半左右起床。
一起床就馬上刷牙、洗臉、刮鬍子。
然後，慢跑大約半小時。
慢跑完了之後，用冷水洗澡，吃早飯。
七點半左右出門。在家附近的招呼站搭公共汽車。
然後，在學校附近的招呼站下車。
我家到學校大約需要三十分鐘。
學校上午八點十分開始，下午四點二十分結束。
午憩是從中午十二點到下午一點半爲止。
飯後通常稍微午睡一會兒。
放學之後，馬上又搭公共汽車回家。
洗完澡之後纔吃晚飯。
然後，看電視一會兒，纔做預習複習。
晚上很晚纔睡，通常十二點鐘左右纔睡。

簡單文法

(1) 動詞 て 動詞 て 動詞 ます。

做完～然後做～然後做～。

例：①勉強をします。

そして、運動をします。

そして、朝御飯を食べます。

將三句合併成爲一句，則如下：

勉強をして、運動をして、朝御飯を食べます。

②お風呂に入ります。

そして、晩御飯を食べます。

そして、テレビを見ます。

合併後，

お風呂に入って、晩御飯を食べて、テレビを見ます。

(注) そして＝而且，接續詞（置於第2句之起頭）

て　＝而且，接續助詞（置於動詞或形容詞之連用形之後，以連接動作或形容詞。

(2) 動詞之語尾之變化。（動詞之活用）

爲什麼動詞要有語尾之變化？

現在將「寫」做爲例子說，則有如下各種說法。

①不寫　②想寫　③寫罷！

④叫人寫　⑤被寫　⑥要寫

（不僅動詞，形容詞、形容動詞、助動詞亦有語尾之變化，這四個詞稱爲「用言」。不過「助動詞」不能單獨做爲「述語」，故有的學者將助動詞排外。）

⑦寫了之後　⑧正在寫　⑨已寫在哪裏

⑩寫了　⑪寫的 { 字 / 文章 / 人 }　⑫如果寫　⑬你寫吧！　⑭請寫

等等之說法。

這些說法，如用中文寫，用中國話（台灣話亦同）講，則動詞「寫」根本不必變化，只在它的上面，或下面接一些字則能表達。然而，日語之動詞係以兩個字或以兩個以上的字所構成。通常以「㊮㊢」形體構成。各種不同之說法則靠語尾之平仮名之變化來表達。

書(か)
- く。　（要寫）（常體）
- かない。　（不寫）（常體）
- かせる。　（叫人寫）（常體）
- かれる。　（被人寫）（常體）
- こう。　（寫吧！）（常體）
- こうと思(おも)
  - う。　（想寫）（常體）
  - います。　（想寫）（敬體）
- きま
  - す。　（要寫）（敬體）
  - せん。　（不寫）（敬體）
  - した。　（寫了）（敬體）
- いています。　（正在寫）（敬體）
- いてから寝(ね)ました。　（寫完之後纔睡覺。）
- いてあります。　（有寫在那裏。）

㊮	㊢
書	く
書	か
書	こ
書	き
書	い
書	け

く 人(ひと)　(寫的人)
　 時(とき)　(寫的時候)
　 字(じ)　(寫的字)
　 文章(ぶんしょう)　(寫的文章)
けば　(如果寫)
け。　(你寫吧！)

綜觀上述，我們會知道，動詞「書(か)く」會有「書か」「書き」「書く」「書い」「書け」「書こ」等之形態。亦即，語尾「く」會變成「か」「き」「け」「こ」「い」等。此現象稱爲「動詞之活用」，而每一變化形稱爲「活用形」。現在爲簡化將這些活用形納入爲一個表，則成爲下面之「動詞活用表」。

【動詞活用表】

基本形	未然形	連用形	終止形	連體形	假定形	命令形	活　用　種　類
書(か)　く	か こ	き い	く	く	け	け	カ行五段動詞
磨(みが)　く	か こ	き い	く	く	け	け	
洗(あら)　う	わ お	い っ	う	う	え	え	ワ ア 行五段動詞
剃(そ)　る	ら ろ	り っ	る	る	れ	れ	ラ行五段動詞
乗(の)　る	ら ろ	り っ	る	る	れ	れ	
かかる	ら ろ	り っ	る	る	れ	れ	
始(はじ)まる	ら ろ	り っ	る	る	れ	れ	

終わる	らろ	りっ	る	る	れ	れ	
帰　る	らろ	りっ	る	る	れ	れ	
入　る	らろ	りっ	る	る	れ	れ	
降りる	り	り	りる	りる	りれ	りろ りよ	ラ行上一段動詞
見　る	み	み	みる	みる	みれ	みろ みよ	マ行上一段動詞
寝　る	ね	ね	ねる	ねる	ねれ	ねろ ねよ	ナ行下一段動詞
食べる	べ	べ	べる	べる	べれ	べろ べよ	バ行下一段動詞
出　る	で	で	でる	でる	でれ	でろ でよ	ダ行下一段動詞
来　る	こ	き	くる	くる	くれ	こい	カ行変格動詞
す　る	し さ せ	し	する	する	すれ	しろ せよ	サ行変格動詞

五　段、上一段、下一段 動詞爲「正格活用動詞」。カ行変格、サ行変格 動詞爲「變格活用動詞」。

(3)　「活用」之種類

「語尾之變化」簡稱「活用」。

正格活用
- ①五段活用（其語尾係一字變化。在ア、イ、ウ、エ、オ變化）
- ②上一段活用（其語尾係二字變化，在イ段變化）
- ③下一段活用（其語尾係二字變化，在エ段變化）

變格活用
- ①カ行變格活用（「来る」一語）
- ②サ行變格活用（「する」一語）

(4) 五段活用動詞之連用形有兩個。列於上方者，接「ます」，列於下方者，接「て」「た」稱為音便，其音便有三種。

①い音便（カ行／ガ行之動詞）（背「蚊（か）がいます。」）〔有蚊子。〕

歯を磨
- く。
- きます。
- いて顔を洗います。

プールで泳
- ぐ。
- ぎます。
- いでいます。

②促音便（そくおんびん）
- タ行
- ワ／ア 行
- ラ行

之動詞（背「俵一俵（たわらいっぴょう）」）〔草袋一袋〕

立（た）
- つ。
- ちます。
- っています。

顔を洗
- う。
- います。
- って朝御飯を食べます。

八時十分に始ま
- る。
- ります。
- って午后四時二十分に終わります。

③撥音便(はつおんびん)
- バ行
- ナ行
- マ行

之動詞　（背「バナマ運河(うんが)」）〔巴拿馬運河〕

公園で遊(あそ)
- ぶ。
- びます。
- んでいます。

犬が死(し)
- ぬ。
- にます。
- んでいます。

(5)　動詞終止形　とすぐ………

——　動詞　就立刻——

例：　帰(かえ)るとすぐ冷蔵庫(れいぞうこ)を開(あ)けます。（一回家就打開冰箱。）

鐘(かね)が鳴(な)るとすぐ教室に入ります。（鐘一響就立刻進教室。）

お金があるとすぐ使ってしまいます。

（一有錢就立刻把它用掉。）

(6)　動詞連用形　てから………

動作　之後………

うちへ帰(かえ)ってから御飯を食べます。（回家之後才吃飯。）

お風呂(ふろ)に入ってから晩御飯を食べます。

（先洗澡之後才吃晩飯。）

学校を出(で)てから煙草を吸いました。（畢業之後才抽煙。）

(7) 材料 で

用 材料

ペンで字を書きます。（用筆寫字。）

自転車（じてんしゃ）で学校へ行きます。（騎腳踏車上學。）

醬油（しょうゆ）や味噌（みそ）は豆（まめ）で作（つく）ります。（醬油或豆醬是由豆製成的。）

習題

(1) 我每天早上七點起床。＿＿＿＿＿＿＿＿

(2) 我每天晚上很晚睡覺。＿＿＿＿＿＿＿＿

(3) 一起床就刷牙、洗臉、刮鬍子。＿＿＿＿＿＿＿＿

(4) 一回家就洗澡、吃晚飯。＿＿＿＿＿＿＿＿

(5) 坐公共汽車上學。＿＿＿＿＿＿＿＿

(6) 第一堂課上午八點十分開始，九點結束。（一時間目（いちじかんめ）の授業（じゅぎょう））

＿＿＿＿＿＿＿＿

(7) 十二點一下課就立刻去附近餐廳吃飯。＿＿＿＿＿＿＿＿

(8) 中午稍微睡午覺一會。＿＿＿＿＿＿＿＿

(9) 回家之後休息一會之後，做複習。＿＿＿＿＿＿＿＿

⑽ 在家附近的招呼站搭公共汽車。

____

⑾ 由我家到學校大約需要半小時。（半時間）

____

⑿ 做完預習、複習之後才看電視。______________

⒀ 每天通常看電視要花兩小時。______________

⒁ 每晚很晚才睡。______________

⒂ 通常早上都很早起來。______________

⒃ 禮拜六上午通常都在跑慢跑。______________

⒄ 通常在附近的學校操場運動。（運動場）______________

____

【綜合習題】（28課～38課）

(1)

一昨日	は	一　日	で	日曜日	です。
昨　日		二　日		月曜日	でした。
今　日		三　日		火曜日	
明　日		十　日		水曜日	
明後日		十五日		木曜日	
し明後日		十八日		金曜日	
		二十日		土曜日	
		二十四日		休み	
		二十五日			

(2)

先先月	は	一　月	で	春	です。
先　月		二　月		夏	でした。
今　月		三　月		秋	
来　月		四　月		冬	
さ来月		五　月			
		六　月			
		七　月			
		九　月			
		十一月			
		十二月			

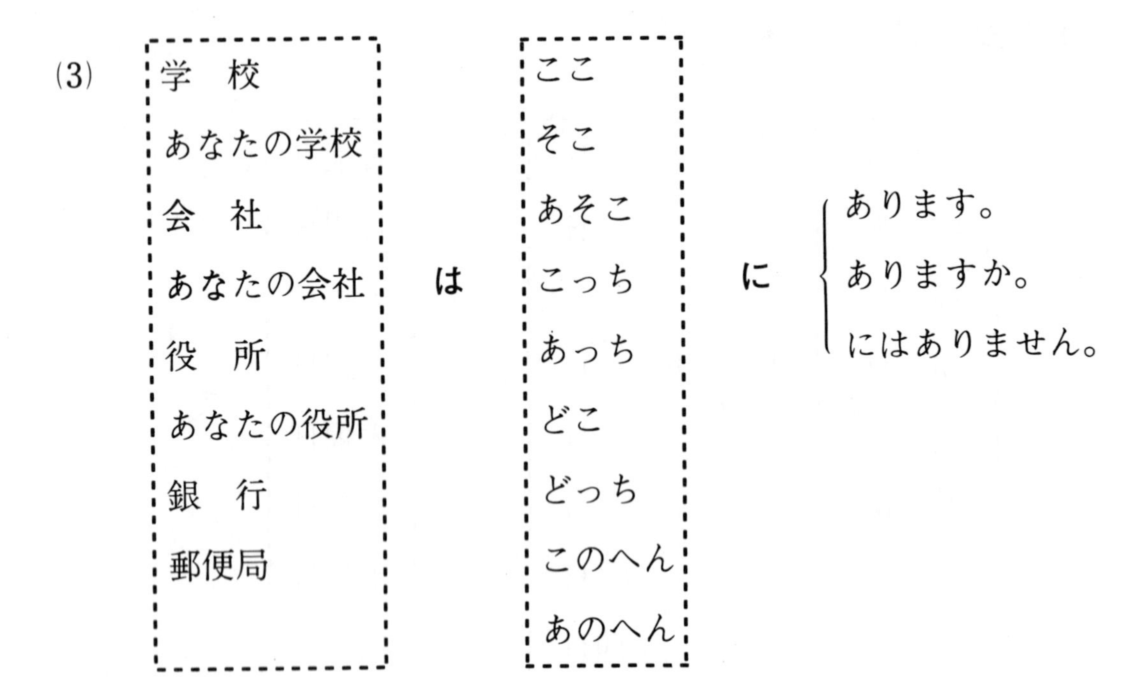

(3)

学　校 あなたの学校 会　社 あなたの会社 役　所 あなたの役所 銀　行 郵便局	は	ここ そこ あそこ こっち あっち どこ どっち このへん あのへん	に	あります。 ありますか。 にはありません。

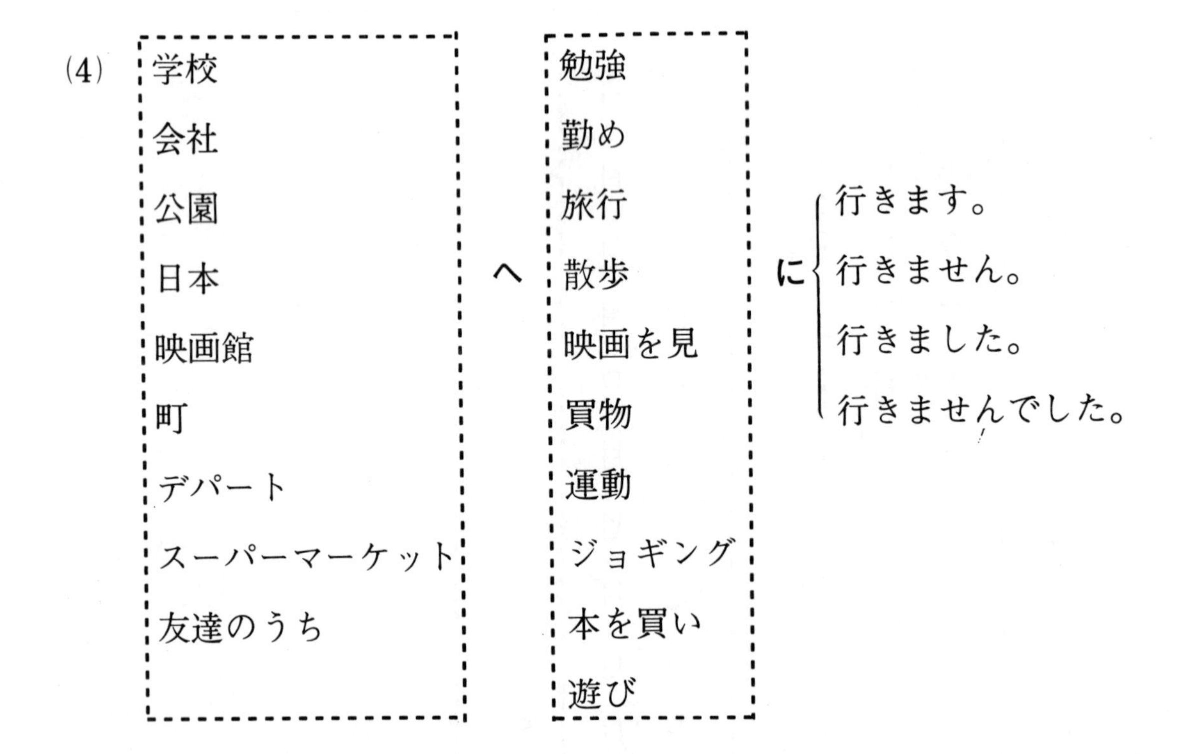

(4)

学校 会社 公園 日本 映画館 町 デパート スーパーマーケット 友達のうち	へ	勉強 勤め 旅行 散歩 映画を見 買物 運動 ジョギング 本を買い 遊び	に	行きます。 行きません。 行きました。 行きませんでした。

(5) 用下面單語能造幾個句子？試試看！

いつ	台北	が	行きますか。
どうして	日本	を	出ますか。
どのくらい	会社	に	帰りますか。
なんじに	うち	へ	習いますか。
なんじまで	時間		出来ますか。
	会社		いますか。
	日本語		かかりますか。

造好的句子：

①

②

③

④

⑤

⑥

(6) 再用下面單語造句看看！

また	を	来て	下さい。
ゆっくり	が	話して	下さいませんか。
机の上	に	置いて	いますか。
これ		欲しい	ですか。
なに		言って	ありますか。
どれ		ゆっくり	しますか。
もういちど		して	
どうぞ		歩いて	
どこ		手伝って	

造好的句子：

①

②

③

④

⑤

⑥

⑦

(7) 机の上に色々な物があります。

本は何冊ありますか。

答：（　　　　）、（　　　　）、（　　　　）、（　　　　）、

（　　　　）、（　　　　）、（　　　　）、（　　　　）、

皆で（　　　　　　　　）あります。

ペンは何本ありますか。

答：（　　　　）、（　　　　）、（　　　　）、（　　　　）、

（　　　　）、（　　　　）、（　　　　）、（　　　　）、

（　　　　）、（　　　　）、（　　　　）、（　　　　）、

皆で（　　　　　　　　）あります。

紙は何枚ありますか。

答：（　　　　）、（　　　　）、（　　　　）、（　　　　）、

（（　　　　）、（　　　　）、（　　　　）、（　　　　）、

紙は皆で（　　　　　　　　）あります。

(8) 部屋の中に色々な家具があります。

机はいくつありますか。

答：（　　）、（　　）、（　　）、（　　）、（　　）、

机は皆で（　　　　）あります。

椅子はもっと（　　　　）です。

いくつありますか。

答：（　　）、（　　）、（　　）、（　　）、

（　　）、（　　）、（　　）、（　　）、

椅子は皆で（　　　　）あります。

(9) 下面句子中（　）內塡適當的助詞，然後將它們合併成爲一句。

(A) 毎朝七時（　　）起きます。

（　　）三十分ぐらいジョギング（　　）します。

（　　）七時半（　　）朝御飯を食べます。

(B) 学校（　　）終わると（　　）バス（　　）乗って帰ります。

夜は八時頃（　　）十時頃（　　）勉強をします。

十一時半（　　）テレビを見ます。（　　）寝ます。

(10) 下面的句子中＿＿＿＿內塡適當的語句。

① 目が醒めると＿＿＿＿＿＿＿＿＿＿。

② 日本語は少し＿＿＿＿＿＿＿＿＿＿。

③ 日本語は少しも＿＿＿＿＿＿＿＿＿＿。

④ 毎朝公園へ＿＿＿＿＿＿＿＿＿＿。

⑤ 毎朝八時にうちを＿＿＿＿＿＿＿＿＿＿。

⑥ テレビを見てから＿＿＿＿＿＿＿＿＿＿＿。

⑦ 昼休みは十二時から＿＿＿＿＿＿＿＿＿＿＿。

⑧ 日曜日はたいていうちに＿＿＿＿＿＿＿＿＿＿＿。

⑨ 夜はたいていうちで ＿＿＿＿＿＿＿＿＿＿＿。

⑩ デパートへ買物 ＿＿＿＿＿＿＿＿＿＿＿。

⑪ 授業は午后四時半に ＿＿＿＿＿＿＿＿＿＿＿。

⑫ 映画は夜七時に＿＿＿＿＿＿＿＿＿＿＿。

⑬ ここにお名前を ＿＿＿＿＿＿＿＿＿＿＿。

⑭ 昨日日本に住んでいる友達から ＿＿＿＿＿＿＿＿＿＿＿。

⑮ 映画館の前に＿＿＿＿＿＿＿＿＿＿＿。

⑯ 映画館の前で＿＿＿＿＿＿＿＿＿＿＿。

⑰ 夏はたいてい＿＿＿＿＿＿＿＿＿＿＿。

⑱ 日曜日の朝はたいてい教会 ＿＿＿＿＿＿＿＿＿＿＿。

⑲ 信長は49歳で＿＿＿＿＿＿＿＿＿＿＿。

⑳ 彼は学校を＿＿＿＿＿＿＿＿＿＿＿。

㉑ 彼は大学に＿＿＿＿＿＿＿＿＿＿＿。

㉒ 毎朝早く＿＿＿＿＿＿＿＿＿＿＿。

㉓ 毎晩遅くまで ＿＿＿＿＿＿＿＿＿＿＿。

㉔ 私に電話を＿＿＿＿＿＿＿＿＿＿＿。

㉕ バスは十分おきに＿＿＿＿＿＿＿＿＿＿＿。

㉖ バスは停留所に＿＿＿＿＿＿＿＿＿＿＿。

日語口語詞類分類表

- 單語（有11個詞）
  - 自立語（有九個）
    - 用言（語尾會變化的）（會活用的）
      - (1)動詞
        - ⓐ他動詞
          - ①五段動詞(書く、置く、持つ、知る)
          - ②上一段動詞(率(ひき)いる、見る)
          - ③下一段動詞(投(な)げる、食べる)
          - ④サ變動詞（する）
        - ⓑ自動詞
          - ①五段動詞(ある、降(ふ)る)
          - ②上一段動詞(いる、降(お)りる)
          - ③下一段動詞(寝る、出(で)る)
          - ④カ變動詞(来る)
      - (2)形容詞（暑い、寒い、大きい、小さい、嬉しい）
      - (3)形容動詞（綺麗だ、丈夫だ、暖かだ）
    - 體言（語尾不變化的）（不會活用的）
      - (1)名詞
        - ⓐ普通名詞(山、海、木、田、日、机、椅子)
        - ⓑ固有名詞(富士山、東京、台北、クリントン、エジソン)
        - ⓒ數詞(一、二、一(ひと)つ、二(ふた)つ、一日(ついたち)、二日(ふつか)、三本(さんぼん))
        - ⓓ形式名詞(ところ、こと、もの、つもり、はず)
      - (2)代名詞
        - ⓐ指示代名詞
          - ①指事物(これ、それ、あれ、どれ)
          - ②指場所(ここ、そこ、あそこ、どこ)
          - ③指方向(こっち、そっち、あっち、どっち)(こちら、そちら、あちら、どちら)
        - ⓑ人代名詞
          - ①自稱(わたし、われわれ、わたしたち)
          - ②對稱(あなた、きみ、おまえ)
          - ③他稱(かれ、かのじょ、あいつ、こいつ、どいつ、誰、どなた)
    - 非體言（不會活用的）
      - (1)接續詞
        - ⓐ單純連接(そして、それから、又(また)、その上(うえ))
        - ⓑ順接(それで、だから、それ故(ゆえ))
        - ⓒ逆接(しかし、ただし、けれども、が、だが)
      - (2)副詞
        - ⓐ呼應副詞(たぶん、けっして、ぜんぜん)
        - ⓑ一般副詞(すこし、たいへん、かなり、とても)
      - (3)感動詞(おお、ああ、ええ、はい、いいえ)
      - (4)連體詞(この、その、あの、どの、こんな、そんな)

- 附屬語（有兩個）
  - 會活用的
    - 助動詞
      - ⓐ下一段動詞型（れる、られる、せる、させる）
      - ⓑ形容詞型（らしい、たい）
      - ⓒ形容動詞型（そうだ、ようだ、だ）
      - 特 殊 型（た、です、ます、まい、う、よう）
  - 不會活用的
    - 助詞
      - ⓐ格 助 詞（に、で、を、が、の、と、から、まで、や）
      - ⓑ接續助詞（が、けれど、のに、し、たり、ながら）
      - ⓒ副 助 詞（まで、ほど、くらい、しか、か、きり、は、も）
      - ⓓ終 助 詞（か、ね、ねえ、な、なあ、ぞ、ぜ、わ）

助動詞活用表

種類	語	未然形	連用形	終止形	連體形	假定形	命令形	接續
動詞型	たがる	（たがろ たがら	（たがり たがっ	たがる	たがる	たがれ	○	接連用形。
	※られる	られ	られ	られる	られる	られれ	られろ（られよ）	接右以外的未然形。
	れる	れ	れ	れる	れる	れれ	れろ（れよ）	接五段・サ変的未然形。
	させる	させ	させ	させる	させる	させれ	させろ（させよ）	接右以外的未然形。
	せる	せ	せ	せる	せる	せれ	せろ（せよ）	接五段・サ変的未然形。
形容詞型	らしい	○	（らしく らしかっ	らしい	らしい	○	○	接動・形的終止、形動的語幹、体言、助詞。
	たい	たかろ	（たく たかっ	たい	たい	たけれ	○	接連用形。
	ない	なかろ	（なく なかっ	ない	ない	なけれ	○	接未然形。
形容動詞型	だ	だろ	（で だっ	だ	（な）	なら	○	接体言・助詞。
	ようだ	ようだろ	ように ようで ようだっ	ようだ	ような	ようなら	○	接連体形。接助詞「の」。
	そうだ（伝聞）	○	そうで	そうだ	○	○	○	接終止形。
	そうだ（様態）	そうだろ	そうに そうで そうだっ	そうだ	そうな	そうなら	○	接動詞的連用形。接形・形動的語幹。
特殊型	ぬ（ん）	○	ず	ぬ（ん）	ぬ（ん）	（ね）	○	接未然形。
	た	たろ	○	た	た	たら	○	接連用形。
	です	でしょ	でし	です	（です）	○	○	接体言・助詞。接形動的語幹。
	ます	（ませ ましょ	まし	ます	ます	ますれ	ませ（まし）	接連用形。
活用のないもの	まい	○	○	まい	（まい）	○	○	接其他動詞的未然形。接五段的終止形。
	よう	○	○	よう	（よう）	○	○	接右以外的未然形。
	う	○	○	う	（う）	○	○	接五段・形・形動的未然形。

※「れる」・「られる」、尊敬・可能・自發之用法没有命令形。

形容詞活用表

例語	正しい　よい
語幹	正し　よ
未然形	かろ
連用形	く　かっ
終止形	い
連體形	い
假定形	けれ
命令形	○

形容動詞活用表

例語	じょうぶだ　静かだ
語幹	じょうぶ　静か
未然形	だろ
連用形	に　で　だっ
終止形	だ
連體形	な
假定形	なら
命令形	○

動詞活用表

活用	五段	上一段	下一段	カ	サ
行	カガサタナバマラワア	アカガザタナハバマラ	アカガサザタダナハバマラ	変	変
動詞	咲泳押打死飛飲乗買 くぐすつぬぶむるう	用起過閉落似干延試懲こ いきぎじち　　びみり るるるるるるるるるる	答助投乗混ま捨撫な尋経へ比改流 えけげせぜてでね　べめれ るるるるるるるるるるるる	来 る	す る
語幹	咲泳押打死飛飲乗買	用起過閉落○○延試懲	答助投乗混捨撫尋○比改流	○	○
未然形	かこ がご さそ たと なの ばぼ まも らろ わお	いきぎじちにひびみり	えけげせぜてでねへべめれ	こ	させし
連用形	きい ぎい し ちつ にん びん みん りつ いつ	いきぎじちにひびみり	えけげせぜてでねへべめれ	き	し
終止形	くぐすつぬぶむるう	いきぎじちにひびみり るるるるるるるるるる	えけげせぜてでねへべめれ るるるるるるるるるるるる	く る	す る
連體形	くぐすつぬぶむるう	いきぎじちにひびみり るるるるるるるるるる	えけげせぜてでねへべめれ るるるるるるるるるるるる	く る	す る
假定形	けげせてねべめれえ	いきぎじちにひびみり れれれれれれれれれれ	えけげせぜてでねへべめれ れれれれれれれれれれれれ	く れ	す れ
命令形	けげせてねべめれえ	いきぎじちにひびみり ろろろろろろろろろろ （いきじじちにひびみり よよよよよよよよよよ）	えけげせぜてでねへべめれ ろろろろろろろろろろろろ （えけげせぜてでねへべめれ よよよよよよよよよよよよ）	こ い	し ろ （せ よ）

【附　錄】
北海道
本州
四国
九州
〔註〕：括弧内係舊國名。
① 札幌
② 青森（陸奥）
③ 仙台
④ 新潟（越後）
⑤ 東京（江戸）
⑥ 横浜
⑦ 富士山
⑧ 名古屋（屋張）
⑨ 琵琶湖
⑩ 京都（丹波、丹後・山城）
⑪ 大阪（難波）
⑫ 神戸
⑬ 広島（備後、安芸）
⑭ 松山（伊予）
⑮ 福岡（筑前、筑後）
⑯ 鹿児島（薩摩）
⑰ 沖縄（琉球）
⑱ 日本海
⑲ 太平洋

國家圖書館出版品預行編目資料

簡單日語 / 林政德編著. --初版. -- 臺北市
：鴻儒堂，民 82
面； 公分
ISBN 978-957-8986-01-5（平裝附光碟片）
1. 日本語言 － 讀本
803.18 96001274

作者簡介：

林政德（本名：林朝彰）

民國十七年生　台中人

國立中興大學外文系

東吳大學日本文化研究所文學碩士

曾任：世界外語補習班主任

　　　東大學外語學院秘書兼講師

主要著作：打好日語基礎

　　　　　詳解日語文法

　　　　　最新日語基礎

　　　　　簡單日語　第一冊

　　　　　簡單日語　第二冊

簡 單 日 語

每套定價：480 元

本書附有 CD，不分售

1993 年（民 82）7 月初版一刷
2007 年（民 96）5 月初版三刷
行政院新聞局登記證局版台業字第壹貳玖貳號

著　　者：林　政　德
發 行 人：黃　成　業
發 行 所：鴻儒堂出版社
地　　址：台北市開封街一段 19 號 2 樓
電　　話：02-23113810、02-23113823
傳　　真：02-23612334
郵政劃撥：01553001
電子信箱：hjt903@ms25.hinet.net
法律顧問：蕭雄淋律師

本書凡有缺頁、倒裝者，請逕向本社調換

鴻儒堂出版社於<博客來網路書店>設有網頁歡迎多加利用。

網址 http://www.books.com.tw/publisher/001/hjt.htm